まぼろしの顔

ウォルター・デ・ラ・メア作品集 3

脇明子 訳

橋本治 絵

●東洋書林

まぼろしの顔——ウォルター・デ・ラ・メア作品集③

脇明子訳　橋本治絵

東洋書林

●収録作品●

Miss Jemima

The Thief

(from *Broomsticks*, 1925)

The Picnic

(from *On The Edge*, 1930)

The Face

(from *A Beginning*, 1955)

目次●まぼろしの顔

ミス・ジマイマ 9

盗人 65

ピクニック 91

まぼろしの顔 131

はじめに

ほんとにおかしなことなのですが、今度はどういうわけかひとりぼっちの淋しいひとたちのお話ばっかりになってしまいました。そりゃあもちろんそういうひとたちはいつだってお話をたくさん持っていますし、そのお話はふつうにはなかなか聞けないようなふうがわりなお話ばかりです。でもたいていの場合、ああいったひとたちは隅っこで黙りこくってしまって、なかなかお話なんか聞かせてはくれないものです。

★

ですからデ・ラ・メアにしたって、やっぱりこのひとたちからお話を聞き出すには、ずいぶん苦労をしたにちがいありません。でもなんといっても、デ・ラ・メアは自分自身、小さいときにはずいぶん淋しがり屋のひとりぼっちな男の子だったのですから、そういったひとたちの気持ならよくわかっています。そしてぽつりぽつりと聞いたお話をもとにして、わたしたちに聞かせてくれることだってできるのです。

★

ひとりぼっちの淋しいひとというのは、よく見ればほんとうにどこにでもいるものです。小さな女の子やひとり暮らしのオールド・ミスが淋しいのはあたりまえとして、もうじき結婚するはずの若い女の子や、それから世界一の大泥棒なんかでも、ふっとひとりぼっちになると、やっぱり淋しくて淋しくてしかたがなくなることがないとはいえません。

★

でもそんなときにも、眼を大きく見開いてさえいれば——もっともあの世界一の大泥棒の眼はたしかごく小さかったように思いますが——ずいぶん不思議なものを見ることができます。誰もいないはずのひとりぼっちの場所で、誰かがじっとこっちを見ているような気がして、ふっと顔をあげると……しかしおしゃべりはこのあたりでやめにして、お話のほうに耳を傾けることにしましょう。

ミス・ジマイマ

小さな老婦人と女の子が丘のてっぺんを越えてやってきたのは、ある暑い静かな夕暮れどき、樹樹がそよとも動かず、空にも鳥の歌ひとつきこえないころのことでした。ふたりはこんもりと盛りあがった長い緑の尾根のうえに並んで立ちどまりましたが、ちょうど太陽はそのうしろへ沈んでゆこうとしているところでした。ふたりの足もとには畑や農場のつらなる平坦な田舎《いなか》の景色が、まがりくねった小川に縁どられてひろびろとひろがっていました。そのながめはどこまでも平らで、そのうえには薄いかすかな靄《もや》が、世界の果てまでつづいているといわんばかりにたなびいていました。やがて腰の曲がった老婦人と女の子とは丘のしたへむかって二、三歩あゆみを進め、そこでふたたびじっと立ち止ったかと思うと、暑い太陽にむかってかざした日傘の下から、もう一度足もとにひろがる景色をじっと見つめました。

「あれがそのおうちなの、おばあちゃま?」と女の子がいいました。「あの馬がいっぱいいて樹のはえてる牧場のそばのおうちがそうなの？　それからあの四角い緑の畑のちょうどまんなかにある灰色の小さいへんな建物が、あれが教会なの？」

　老婦人は唇をぎゅっと結んだまま、その厚い眼鏡《めがね》ごしに広い淋しい田舎の景色を見つめつづけました。そしてそれからぱちっと音をたてて日傘を閉じるとそれを足もとの芝草のうえに置き、そのうえに腰をおろしました。

「草はしめっちゃあおるまいよ、おまえ、こんなに長い暑い日のあとじゃね。でもわかりはしないよ」と老婦人はいいました。

「すっかり乾いてるわ、おばあちゃま。それにとってもきれい」と女の子はまるでしゃべるために使う息はほとんどないといわんばかりに答えました。そしてその横に腰をおろしました。女の子の髪は長めの金髪で、きんぽうげの花輪を飾った丸い帽子のしたからはまっすぐな小さい鼻がのぞいていました。彼女の名前はスーザンといいました。

「それであれがそのおうちなの、おばあちゃま？」と彼女はもう一度ささやきました。「そうしてあっちがおばあちゃまがほんとにそれを見た教会なの？」

　老婦人は問いかけてくる小さな声がきこえていないかのようにじっと景色をながめつづけ、ふりむきもしませんでした。そのようすはまるで自分の物想いのなかにひとり沈みこんでしまったかのようでした。ちょうどそのとき放し飼いの馬の群れが、丘の急斜面をめぐる小道に、一頭また一頭とゆるやかな足どりで姿をあらわしました。そして自分たちの領土にはいりこんだこの奇妙なふたりの人間を用心深く見つめたかと思うと、そのなかの一、二頭が細い美しい頭をあげて鼻を鳴らしました。するとこんどは、たてがみを陽射《ひざ》しのなかで目の粗《あら》い絹のように光らせたしなやかな若い栗毛の馬が、足をとめていななきました。そして一頭また一頭と群れは小道を駆けてゆき、やがていなくなってしまいました。スーザンはそれが見えなくなるまであとを見送り、それからため息をつきました。

「とってもきれいなところね、おばあちゃま」と彼女はいい、またため息をつきました。「あたしもちっちゃいときここにいればよかったわ。お願い、また、あの——ほら、あのことをお話して下さらない？」

質問をくりかえすその声は、こんどはいささか気おくれしたかのように、しだいにかすかになって丘のてっぺんの静かな金色の空気のなかに消えてゆきました。彼女はお祖母さんのほうににじり寄ると、その小さな指を老婦人の膝のうえの黒い手袋をはめたすっかり曲った手のなかへ押しこみ、ちょっとためらったあとで身をかがめて眼鏡をかけた穏やかな灰色の顔を見あげました。そしてごくかすかな声で「何年前のことっていうお話だったかしら？」といいました。

スーザンがのぞきこんだその灰青色の眼のなかには、まるで思い出がひとつひとつ過ぎ去った年月をたどっているかのような、穏やかではるかな表情が浮かんでいました。こんなに静かな夕暮れ

に、こんなに広い世界を見わたす緑の丘の上にこうしてすわっているというのは、スーザンにとってはまったくはじめてのことでした。彼女はその忙《せわ》しい眼をもう一度美しい馬たちが駆け足で消えていったほうへむけ、それからまた納屋《なや》や牛小屋や果樹園に囲まれたさっきの農家を見おろしました。そしてもう一度その眼は緑の畑のまんなかの灰色の石でできた教会――この高さから見るとそれは古ぼけた小屋かなにかのように小さく見えました――のうえでじっと動かなくなりました。

「何年くらい昔だったの、おばあちゃま?」とスーザンはくりかえしました。

「もうほとんど思い出せないくらいだね」と老婦人はとうとう答え、スーザンの指をそっと握りしめました。「七十五年になるよ」

「七十五年!」とスーザンはため息をつきました。そしてそれから大急ぎで「でもそんなにすごく昔じゃないわね、おばあちゃま」とつけくわえ、黒い肩掛けをかけたお祖母さんの肩に頭を押しつけました。「ねえ、それじゃ、あんまりおそくならないうちにお話をしてちょうだい。すぐにあたしたち馬車のところへもどらなくちゃいけないでしょ、おばあちゃま。そうじゃないともうぜんぜん帰ってこないんじゃないかと思われてしまうわ。お願い」

「でもあのお話なら、もうだいたい知っているだろうに」

「ほんのすこしずつならね、おばあちゃま。それにあたしたち、今ここにいるんですもの――ね、ちょうどその場所に!」

「そうだね」と年老いた声はやっとのことで話しはじめました。「おまえがそういいはるんなら、もう一度すっかり話してみようかね。あれは七十五年よりもちょっとよけいに昔のことだったよ。というのもわたしが――こんな年寄りがそんなことをいっても信じられないだろうけれど――五月生まれだったからなんだがね。わたしのお母さん、つまりおまえのひいお祖母《ばあ》さんはそのころまだ若くて、お父さんが亡《な》くなってからというものからだのぐあいがひどく悪かったんだよ。で、お医者さまは長い船旅に出なければならないといいなすってね。それでわたしをつれてゆくわけにはいかなかったものだから、わたしはあそこに見えるあの小さな農家――グリーンさんの農場と呼ばれていたがね――へいって、お母さんの留守《るす》のなんか月かのあいだ、ジェイムズ伯父《おじ》さんとその家政婦のひとと暮らすことになったのさ。みんなはそのひとをミス・ジマイマと呼んでいたよ」

「ミス・ジマイマ！」と小さな女の子はとつぜん身をかがめてわっと笑いだしました。「ほんとにおかしな名前ね、おばあちゃま」

「そうだね」と老婦人はいいました。「そしてそういう名前を持ったひとにわたしはなつかなきゃあいけないという義務があったのだけれども、むこうのほうでは預けられた小さな女の子のことなんぞぜんぜんかまっちゃあくれなかったよ。そしてひとが自分を好きになってくれないときにそのひとを好きになるというのはね、スーザン、ときにはちょっとばかりむずかしいものだよ。すくなくともわたしはそう思うようになったね。ミス・ジマイマがわたしに不親切だったというのではないけれども、あのひとが親切にしてくれるときはわざとそうしているというふうに見えた。たとえばプラム・ケーキをもらったときなど、その顔を見ると、それはプラム・ケーキですよ、ただのケーキくらいでちょうどいいというのにね、といっているような気がしたものだったよ。ジェイムズ伯父さんには自分の家政婦がわたしのことをかわいい女の子だとは思っていないということがわかっていた。わたしは小海老《こえび》のように小さくてね、髪は黒くてまっすぐで、それをうしろにぎゅっとまとめてビロードのリボンでしばるようにさせられていた。眼は黒くて小さいし、脚も貧弱なものだったしね。伯父さんは親切でもあったし、わたしを好いてくれてもいたのだけれど、そういう気持を見せてくれるのはふたりきりのときだけで、あのひとがいるところではもうだめだった。それに伯父さんはそのころ病気だった。もっともどれくらい悪いかはわたしにはわかっていなかったがね。伯父さんは一日じゅう格子縞《こうしじま》の膝掛けをかけて長椅子《いす》に横になっているばかりで、ミス・ジマイマはわたしのことだけでなく、農場ぜんぶのめんどうを見なけりゃあならなかった」

「乳しぼりも、畑を耕すのも、鶏《とり》や豚のせわも、ぜんぶやったの、おばあちゃま?」とスーザンはたずねました。

老婦人は一瞬眼を閉じ、唇をぎゅっと結び、それから「ぜんぶさ」と答えました。

「そんなわけでね」と彼女は言葉をつづけました。「わたしはどっちかというとひとりぼっちだったのさ。で、わたしはいつもできるかぎり家のどこかの隅っこに隠れていた——あれはなかなか趣《おもむき》のある家だからね。やれやれ、わたしはこんなに年をとっているし、おまえさんは小さいし、丘はけわしいし、残念だよ。そうでなければおりてゆけるんだがね――けど、まあいい。あそこに見えている一列になった小さな格子窓はせまい廊下《ろうか》に面していてね、部屋《へや》はそのむこうにあって、三百年かもっと前にあの家を建てた人の気まぐれのままにごちゃごちゃといり組んでならんでいた。エドワード六世の御代《みよ》に建ったということだったがね」

「慈善学校の男の子の青い服みたいね」とスーザンはいいました。「もっともあの黄色い靴下は好きだとはいえないけどね、おばあちゃま。からしの黄色じゃないわよ、わかるでしょ」

「慈善学校の男の子ね」とお祖母さんはくりかえしました。「とにかくあの家は隠れ場所だらけだったよ。そしてわたしは小さかったからね――おまえさんより小さかったんだよ。わたしはいつもすわりこんで本を見たり、窓のそとをながめたりしていた。窓からのり出して見ていることもときにはあった――そうすればインドにいるお母さんが見えるといわんばかりにね。お天気がいいときにはいつもこっそりと家をぬけだして、あのやぶのなかの小道を駆けぬけて、そこに見える小さな森へ出かけていった。お天気が悪くてもときにはそうすることもあった。そこには小川があって（ここからは見えないけどね）一日じゅうざあざあと音をたてていたよ。ときにはいまいるこの丘にあがってくることもあった。またときには畑をこっそりと横ぎって、あの小さな教会へ出かけていったりもした。

そこへゆけば自分自身のことやいろんな小さなやっかいごとを一番かんたんに忘れてしまうことができた——木の葉や小鳥や、それから頭のうえの青い空や雲をながめたり、かたつむりを見たり、りゅうきんかやくりんざくらを摘《つ》んだり、流れのなかの魚をのぞきこんだりしてね。おまえさんもそう思うだろうけど、わたしはいささか陰気くさいちびさんだったんだよ。なんといってもまずひとりぼっちだったし、ジェイムズ伯父さんは病気をしていてしあわせでいるわけにはいかなかったし、それにミス・ジマイマの冷たい眼つきやもののいいかたのおかげで、いっそうホームシックにかかってもいたものだからね」

「ミス・ジマイマの！」とスーザンはこだまのようにくりかえして、興味でいっぱいになった顔をちょっとのあいだ両手のなかにうずめました。

「ミス・ジマイマのさ」と年老いた声はしかつめらしくくりかえしました。「それにしてもわたしは単に陰気くさく悲しげにしていたというだけではなかった。それよりもずっとひどかったよ。そういう状態からぬけ出そうという気もほとんどないまま、いらいらしはじめてさえいたのだからね。同じくらいの年の遊び仲間はひとりもいなかった。ほら、あのとおり村は一マイルか二マイル離れたところにあったからね——あのむこうのちょうど陽《ひ》の光が樹のうえのほうに射しているところだよ。それに村の子どもたちと遊ぶことはゆるされていなかった。たったひとりの仲間といえば作男《さくおとこ》のところのふたつになる太った男の子だけだったのだけれど、その子ときたらまるで知恵のつくのがおそい赤ん坊で、その年になってもほとんどひとつかふたつの言葉しかしゃべれなかったんだよ」

「あたしはひとつのときにおしゃべりをはじめたわ」とスーザンはいいました。

「そうだったね、おまえ」とお祖母さんは答えました。「それにほうっておくと一時間でもおしゃべりをしそうに見えるね」

「あら、おばあちゃま」とスーザンはいいました。「あたし、このお話大好き――でも、あの――わかるでしょ」

「さてわたしが行ってはいけないといわれていた場所のなかでも」と老婦人は話をつづけました。「一番いけないのは教会の墓地だということになっていた。おばさん――と、わたしは呼んでいたのだけれど――はわたしのことをばかな考えで頭をいっぱいにしたふう変りな女の子だと考えていて、墓石のあいだにはえている花を摘むことをゆるしてはくれなかった。じっさい今になるとわたしにもあした花が生きた人間のものだとはいいきれない気がするがね。とにかくそれでも夏のうちに一度か二度は、年取った寺男――フレッチャーさんという名前のひどく気むずかしい年寄りだったよ――が大鎌を持ってやってきて、いっぱいに茂った草花を刈ってしまったものだった。そうするとその甘い匂いでほとんど息ができなくなるくらいでね。ずらりと刈り取られた草のうえを蝶蝶がひらひら飛んでいて、それがだんだん陽《ひ》の光でしおれてゆくのを見たりすると、とてももったいない気がしたものだよ。あの古い灰色の壁のしたに生《は》えるのくらいみごとなきんぽうげやたんぽぽやしもつけそうはどこにもなかったからね。そこにいるとわたしはしあわせだったよ。いったりきたりしながら、わたしはお母さんのためにお祈りをしたものだった。しかしね、スーザン、わかってもらえると思うけれど、わたしはいいつけにそむいてそうしていたんだよ。そこには何の用事もありはしなかった——その墓地に誰かがいるということにはじめて気がついたときもね」

「ああ！　誰かが」とスーザンはからだをまっすぐにして、眼を遠くへさまよわせながらため息をつきました。

「それは、きょうとよく似た夕がたのことだったよ。もっとも空には鯖《さば》雲が出ていたがね。その前の日、わたしは髪にオレンジ色のリボンをしたおかげで隅っこに立たされ、それから大時計に話しかけたというのですぐにベッドにはいらなければならなかった。それはわざとやったことだったのだがね。そしてこんど——その夕がたには、お茶のときのパンにつける木苺《きいちご》のジャムを食べようとしなかったといってしかられていたところだった。そんなことをするのは甘やかされて育ったからで、神さまが人間のために野性の果物《くだもの》をお造りになったことがわかっておらず、庭に生《は》えるものしか食べてはいけないと思いこんでいる町育ちの子どもだからだといわれたものだったよ。

　でもわたしはじっさいほんとうに木苺のジャムが嫌いだったんだよ。ぶつぶつした種のせいでね。それにわたしは虫歯だった。わたしはおばさんに、お母さんもやっぱり木苺のジャムが嫌いなんだといったのだけれど、おばさんはそれでよけいに怒りだしてしまった。『どうお思いです、ジェイムズさん』と彼女は伯父さんにいったよ。『この子がこんなこましゃくれた小娘に育つのをほうっておいていいものでしょうかね？ さあ、こっちをごらん、嬢さん、そのお皿のうえのひと切れをすっかり食べてしまうまでそこにじっとしているんですよ』『それじゃ、ミス・ジマイマ』とわたしは小生意気《こなまいき》にいったものだった。『わたしは八十になるまでここにいることになるわ』とね。

するとと彼女は眼をぎらぎらさせて『黙んなさい』と叫んだ。『そんなのがまんできないわ――』とわたしがまたいいかけると、おばさんはわたしの頬《ほお》をぴしゃりとぶった。おかげでわたしは平均を失って椅子からころげ落ちてしまったくらいだったよ。おばさんはわたしを床《ゆか》から拾いあげて、ひとゆすりして椅子にすわらせると、その椅子をテーブルの縁が脚にくいこむまでまえに押した。そして『さあ、それじゃ八十になるまですわってなさい』といった。

すると伯父さんの顔にはわたしがそれまでに一度も見たことがなかったような表情が浮かんだ。伯父さんの手はぶるぶる震えていた。ミス・ジマイマはわたしにはもうひとこともいわずに伯父さんが椅子から立つのを手伝い、わたしはひとりぼっちになってしまった。

そのときくらい打ちのめされたような気がしたことは一度もなかったよ。わたしは気持を傷つけられただけではなく、恐ろしくなってもいた。大時計のチクタクいう音が『ひねくれっ子、いやな子、ひねくれっ子、いやな子』といっているのをきくうちに、涙がしだいにわきあがってきて、お皿のうえの見るのもいやなジャムつきのパンのうえにしたたっていった。それからきゅうにわたしは小さなこぶしをおかしなふうにかためておばさんの出ていったほうへふりあげてから、椅子をうしろへずらして跳びおりると、家から走り出て息もつかず、あとをふりかえりもせずに走りつづけたよ。気がつくといつのまにか墓地の一番大きなお墓のそばにうずくまって泣いていた。胸もはり裂けんばかりというのじゃなかったにしても、いささかひねくれた気分になってかなり泣いたよ。」

「かわいそうなおばあちゃま！」とスーザンは手を握りしめながらいいました。

「たいして『かわいそう』ということもなかったよ」というのがそれに対する答えでした。「けっこうかわいい光景だったにちがいないよ。顔をぐしゃぐしゃにして緑色のしみのついた上着を着て、髪をたらしてね。やがてとうとうそのばかげたすすり泣きもしずまった。陽《ひ》は沈みかけていて空は燃えているみたいだった。ちょうど六月のことで、空気はとても穏やかで気持がよかった。でもわたしは後悔して自分がばかな悪い子どもだったと納得するかわりに、冷たく反抗的になりかかっていた。薔薇色《ばらいろ》の雲を見つめながら、わたしはミス・ジマイマの肝《きも》をつぶさせてやろうと自分に誓った。その晩家に帰るくらいなら死んだほうがましだったからね。そしてお母さんのことが心に浮かんだときもわたしはそれをしめだしてしまった。わたしをこんなふうに置きざりにするんだから、お母さんはわたしがどんなにお母さんを愛しているかということなど気にかけているはずはないと自分にいいきかせてね。そのくせそのたった二週間ほど前にインドから長い手紙をもらったばっかりだったんだからね。

とにかく、そうしてわたしはすわっていた。やがてかたつむりが昼間の隠れ場所から姿を見せ、蛾《が》も出てきはじめた。そして午後のあいだじゅう飛びまわっていた蝶々たちは寝にいってしまった。遠くでふくろうの鳴く声がした――と思うと、こんどは足音がきこえた。墓石のうえから用心深くのぞいてみると、農場の手伝いをしていた娘たちのひとりのマギーの姿が見えた。マギーの顔は燃えるように熱くなっているようだった。そして教会の小さな塔のかどのところから、青い眼を皿のようにしてあちこちをきょろきょろと見まわしていた。マギーがわたしを呼んだとき、わたしは口を開いてかん高い叫び声をあげた。するとマギーのほうもきゃあっと叫んだよ。つま先が鉄でできた長靴が敷石のうえでつるっとすべるのが見えて、つぎの瞬間にはもうマギーはいってしまっていた。わたしはまたひとりぼっちになった」

「ああ、でもほんとにひとりぼっちじゃあなかったんでしょ、おばあちゃま」とスーザンはささやきました。「そうじゃない？」

「ちょうどこれからその話をしようと思っているところだよ、おまえ。わたしの顔のすぐまえのところにはちょうど背の高いたんぽぽが生えていてね。きれいな花をつけていたのだけれど、それがもうおそい夕暮れの光のなかで灰色に見えていた。ほかにもそっと頭をゆすっている花がいくつかあった。そしてその花のむこうをながめていたときだったよ、平らな墓石のむこうに顔がひとつ見えたのはね。したから顔を出したっていうんじゃないよ。ただ単に空中からふっとあらわれたんだった。それはとても小さい顔でね。丸いというよりは楕円形で、眼は野性の生きものみたいに緑色がかっていて、金髪がそれにかぶさるように頭の両側に妙なぐあいにジグザグになってたれさがっていた――こんなふうにだよ」老婦人はスカートのふちをつまんで三、四回折りたたみ、それから手を放しました。

「つまりひだをつけたみたいにってことでしょ、おばあちゃま」とスーザンはいいました。

「そうだよ」とお祖母さんは答えました。「なによりもそのことが眼についたものでね。赤っぽい光のなかでそれはとってもきれいに見えたよ。その顔はほほえんでもいなかったし、わたしがそこにすわっているのを見ているようでもなかった。檻《おり》のなかのライオンが、餌を食べているところを見に集まってくる人たちのほうをながめるという以上にはね。それでもわたしにはわたしがそこにいることをそれが知っているということがわかっていた。そうして、わたしがいたってそれが気にかけるはずはないと思いはしたけれど、それでも生まれてからこっちそのときほどこわかったことはなかった。わたしは口をあけて、身体の両脇の草をぎゅっとつかんでいた。その顔をじっと見つめていたあいだ、ほかのものはなにひとつ眼にはいらなかったよ」

「それは妖精だったのよ、おばあちゃま」とスーザンは自分の言葉をもっと印象づけようとするかのようにまえかがみになりながらいいました。老婦人は丸い麦藁《むぎわら》帽子の縁ごしに熱心に自分を見つめているふたつの青い眼をじっと見かえしました。

「そのときにはね、おまえ、それが何なのかなんてことはわからなかったよ。あんまり恐くて考えることもできないくらいだったからね。それにそうやって見つめているうちに時間もどんどんすぎていったにちがいない。いつのまにかもう薄暗がりになってきていて、物音ひとつしなかったからね。そうだよ、ここよりもずっとずっと静かだったよ。そのとききゅうにうしろのさんざしの茂みから、低い鳥の鳴くような声がきこえてきた。まるで空中に露の滴がふってくるみたいな声だったよ。わたしにはそれが小夜鳴鳥《ナイチンゲール》だとわかった。そうしてその考え——それが小夜鳴鳥《ナイチンゲール》だという考え——が頭に浮かんだとたんに、きめの粗い灰色の石のむこうにあったその顔はさっと消えてしまった。

何分かのあいだわたしは身動きもせずにそこにすわっていた——とても動くげんきがなかったんだよ。そうしてそれからぱっと走りだしてまっすぐに墓地をぬけ出し、もときた道を足のつづくかぎり走った。そのときなにを考えていたのかはよくわからないけれど、農場のうえのほうの窓の明かりが見えるところまできたとたんに、いっそう速く走りはじめたんだったよ。ひいらぎの木のしたを通って中庭をぬけて、裏口をめざしてね。そこにはかんぬきがおりていなかった。わたしは鼠《ねずみ》

みたいに静かにすべりこんで台所にはいり、椅子によじのぼってすぐさまあのぞっとするジャムつきのパンを、ひとかけらも残さずにたいらげてしまった！

そうしてそのときになってもね、おまえ、わたしがほんとになにかを考えていたとはとても思えないんだよ。ただとにかく、おそろしく恐くてね、そのくせミス・ジマイマは墓地のあの顔のことなんかなにも知らないんだと思うと、ちょっとばかり勝ちほこったような気分でもあった。もう台所のなかはすっかり暗くなっていたのだけれど、わたしはそのまま椅子にすわっていた。そしてしまいには大いばりでお皿を持ちあげて、残っていたジャムのついたパンくずを舌ですっかりなめてしまいさえしたよ。

するとそのときドアが開いて、見るとミス・ジマイマが真鍮《しんちゆう》の蠟燭立てに火をともして敷居《しきい》のところに立っていた。彼女はわたしを見つめ、わたしもそっちを見かえした。『ああ、ちゃんと考えなおしたのね』と彼女はいった。『ずいぶん時間がかかったこと。すぐにベッドにはいるんですよ』

ほとんどすっかりプラムだけでできてるケーキを想像してごらん、スーザン。そうしてそのプラムのひとつひとつがまっ黒な憎しみだったとしたらね、わたしはそんなふうなものだったよ。でもわたしはひとことも口をきかなかった。そして椅子からおりて彼女の横を通りぬけて、廊下の敷石のうえをどんどん歩いていった。ミス・ジマイマはあとからついてきた。伯父さんの部屋のドアのところまできたとき、わたしは手をあげてドアの把手に触ろうとした。するとうしろから『そのままゆきなさい、嬢さん』と声がしたよ。『あんたのおかげで伯父さまはとてもぐあいが悪くなって悲しんでおいでなんですからね。おやすみはいってもらえませんよ』で、わたしはそのまままっすぐ部屋にもどった。そして着物をぜんぶ着たまま、露にぬれた靴さえぬがずにベッドにはいって、やがてぐっすり眠りこむまで天井《てんじょう》を見つめていた」

「ねえ、おばあちゃま」とスーザンはいいました。「ぜんぜん着物をぬがなかったなんて、とてもへんだと思うわ。どうしてそのまま寝ちゃったんだと思う？」

「そうだね」とお祖母さんは答えました。「そのときはあんまりつらくて胸のなかが熱いみたいでね、どうしてかなんて考えるひまはなかったよ。でもほら、あの木立のうえに突き出してる小さな屋根裏部屋の窓が見えるかい——ちょうどあのむこうになる家の反対側の部屋でわたしは寝ていたんだよ。もう七十五年も昔のことだね。思うにたぶんそのときにも夜中に起きて逃げ出そうという考えがぼんやりとはあったんだろうよ。でもどっちにしても、眼をさましてみると格子窓からは陽《ひ》がさんさんと射しこんでいたよ。わたしの寝室はちょうど朝日がいっぱいにあたるほうにむいてたからね。

　わたしにはたったひとつのことしか考えられなかった——まえの晩にうけた恥辱と、そのあと墓地で見たもののことしかね。わたしは眼を閉じて、あれは夢だったのだと思おうとした。でもそうしながらも自分がそんなことを信じていないのがわかっていた。朝ごはんの席で伯父さんのぐあいがすこしも良くなっていないときかされたときにも、わたしはろくにそのことを考えようともせず、とにかくだめだといわれないうちに家からとび出したい一心でせっせとおかゆをすすった。ミス・ジマイマは姿を見せず、ただジャムで汚れたゆうべのお皿のうえにわたしの朝食のパンのかたまりがのっているのが、彼女のしたこととわかるだけだった。早く出かけたくて夢中だったくせに、どういうわけか、わたしはてまをかけて着てゆくものを選んだ。そして帽子の青いリボンを緑のにつけかえまでした。まったくひどいおませさんだったよ、わたしは」

「そうみたいね、おばあちゃま」とスーザンは膝をしっかりとかかえながらいいました。「それからまた墓地へ行ったの？」

「そうだよ。でもなにもかもふだんと変りがなかった。ただね、わたしがそのかげに隠れていた墓石のうえに、珊瑚色《さんごいろ》の草の実の小さな束《たば》が平らな葉っぱにのせて置いてあるのが見つかった。さて、わたしはおませさんではあったけどね、おまえ、また年のわりにかなり鋭くもあったんだよ。でね、まず驚いて息をのんで、それからきんぽうげがゆらゆら揺れてるなかに立って見ていると、太陽はもうとっくに灰色の屋根をこえて射してきて熱くなった墓石のうえできらきらしててね、そんななかでその葉っぱに露の玉がひとつ宿ってるのがわかった。それにその葉っぱがサラダにいれたレタスみたいにあざやかな緑色をしてるってこともね。その露の玉を見たとき、わたしにはその葉っぱがずっとそこにあったのではないということがすぐにわかった。じっさいほんの数分のうちにその小さな水の粒は陽《ひ》の光ですっかり乾いてしまった。思いきってその実にさわってみるのにはちょっとひまがかかったものでね。

そのときわたしには自分がそこにひとりっきりでいるのではなくて、その緑のお皿はわたしがそこへやってくる寸前にわざとそこに置かれたんだということがわかった。それにその草の実はとてもきれいだったよ。珊瑚色から薔薇色へとぼかしたようになっててね。そのときにすぐにそれをひとつかじってみようとしなかったのは、ずっと以前に知らない果物を食べてはいけませんといわれていたからではなくて、たぶん良心がとがめるのを感じはじめていたからだと思うよ。

緑に囲まれたそこはとても静かだった。わたしは鼠の穴を見はる猫みたいにじっと見はりをつづけた。そのくせほんとうはわたしのほうが鼠にちがいなかったんだがね。そしてそれからとつぜん、今でも憶えているけど、帽子につけた緑色のリボンがぶらぶらしていたのを肩のうしろへさっと払って、わたしはなんとかきこえるくらいの小さな気取った声を出して『そうだわ、御親切にありがとう。ごちそうさま』といった。そしてさっと手をのばして実をひとつちぎって口にいれた。

舌にその酸っぱさが感じられるか感じられないうちに、奇妙なことがおこった。まるで髪のなかにきりぎりすでもいたみたいに、笑い声がすぐ近くできこえたんだよ。そのうえ、頬っぺたの内側に熱いものがはいのぼってくるみたいで、まわりじゅうの色という色がまぶしいくらい明るく光って見えてね。わたしは眼をつぶったんだ。たぶんそのまま時間がたつのも知らずにそこにすわっていたにちがいないよ。もう一度眼をあけると、影がそれとわかるくらい石から遠ざかって、朝もおそい時間になりかかってたからね。

しかしそれでも眼はやっぱりくらくらしていた。そうして眼にはいるものはみんな――花も鳥も、古い墓石のうえの苔までもが、それまでわたしのしらなかった秘密を打ち明けてくれているみたいだった。あたりを飛びまわっている蝶々といっしょに生きることもできそうだったし、鳥の歌う声をきくだけでなくその話していることまでも理解できそうな気がした」

「おとぎ話にあるみたいね、おばあちゃま」

「そうだよ」と小さな老婦人は答えました。「ただちがうのはわたしがそれをしあわせには思わなかったということさ。頬っぺたはまだ紅くなったままだったし、眼のしたで心臓がどきどきしているのもきこえたし、とにかくわたしはすっかり興奮していたんだよ。でも心の奥底では自分がそんなふうに感じるべきではぜんぜんないということがわかっていた。自分の悪い性質のおかげでこんな危険のなかに迷いこんだのだということも、そして墓石のうえの珊瑚色をした知らない小さな実はしかけられたわなだということもね。それは餌だったんだよ、スーザン。そうしてわたしはばかな魚だったというわけなのさ」

「まあ、おばあちゃま、ばかな魚、ですって！」とスーザンはいいました。そしてそれから賢こそうに小さくうなずいて「いけないことをしてみたい気分だったのよね、わかるわ」とつけくわえました。「でもどうしてかはよくはわからないわ」

「そりゃあそういわれてもしかたがないよ、とてもあぶなかったのだからね、おまえ」とお祖母さんはいい、その口をまるで魚そっくりにしっかりとむすびました。「しかしお話のほうを先へ進めなくてはね。さもないといつまでたっても家に帰れなくなるよ。

　わたしはすわったまま、まえに顔があらわれたのを見た空中の眼に見えない場所に、できるだけじっと眼をすえつづけていた。でもなにも出てはこず、そのうちにあたりの輝きもだんだんおさまってきて、鳥の声ももとのようにきこえはじめたし、きんぽうげもいつもとおなじに見えるようになった。いや、いつもとそっくりおなじというのではなかったね。よく晴れて燃えるように暑い日だったというのに、こんどはなにもかもがいつもより暗く陰気くさく見えたのだからね。わたしはとぼとぼと家に帰った。すこしばかり寒くなったというだけでなく、がっかりして恥ずかしいみたいな気になってね。

　あそこに見えているあのこんもり丸い緑の樹のそばの石の門をくぐりながら、わたしは窓のほうを見あげた。そしてその瞬間、窓という窓のカーテンがすっかりおろされているのを見て、怖ろしい痛みにおそわれてしまった。それがなにを意味しているかをそのときは知らなかったのだけれど、とにかくなにか悲しい悲劇的なことなのだということはわかった。それにそうやった窓はまるで眼を閉じてわたしを見まいとしているかのようだった。家にはいるとミス・ジマイマが伯父さんが亡くなったことを教えてくれた。そして死ぬ一、二時間まえに伯父さんがわたしに会いたがっていたともいった。『伯父さまはおっしゃいましたよ、「わたしの小さなスーザンはどこかね」ってね。ところがあんたときたら』とミス・ジマイマはいったよ。『どこにいるかを知っていたのは、そのひねくれた強情《ごうじょう》なあんた自身だけだったんだからね』わたしはミス・ジマイマを見つめて、その姿がいつもの二倍も大きく見えるくらいに身体をちぢめた。舌がどうしても動いてくれないので、なにもいうことができなかった。そこでわたしは彼女のそばを走りぬけて階段を駆けあがると、ふたつの食器棚のあいだの隅のところへ行った。そこをわたしはときどき隠れ場所に使っていたのだけれど、いったいそのときそこでなにを考え、なにをしていたのかはどうにも思い出せないよ。とにかくわたしは膝のうえで手をしっかりと握りしめてそこにじっとすわりつづけていた。眼のまえのものはみんなすっかりぼやけて見えて、お祈りをしようと唇を動かしてはいたのだけれど、どうしてもお祈りは浮かんできてくれなかった。

その日からというもの、わたしはいっそう不幸でみじめなおちびさんになってしまった。それに今にして思えば、いっそう悪い子になってもいたよ。それはみんな三つのことからきていた。まず第一にわたしはミス・ジマイマを憎み、その憎しみはまるで鋼《はがね》でできたナイフをお酢《す》のなかにつっこんでおいたみたいに、心をすっかりむしばんですりへらしてしまった。つぎにわたしはかわいそうな伯父さんが死の扉をまえにしてそんなにも優しく親切にわたしに話しかけてくれたことを思い、もう今では許して下さいともいえないのだと思って後悔にさいなまれていた。それから最後に、墓地のあの不思議な顔をもう一度見たいと願っていたのに、それが禁じられたことだとわかっていたということがあった」

「でもおばあちゃま」とスーザンはいいました。「どうしてそのときになってそう思わなきゃいけなくなったのか、わたしわかんないわ」

「それはそうさ」と老婦人は答えました。「でも大事なのはね、わたしがそう思ったってことなんだよ。それにそれがちっともよいことにつながらないということは内心わかっていたしね。つぎの日にミス・ジマイマは伯父さんがお棺のなかに横たわっている部屋へわたしをつれていった。でもどんなになだめたりすかしたりしても、わたしの眼を開かせて伯父さんを見るようにさせることはできなかった。この強情ぶりのおかげで、わたしはその日の残りの時間、寝室に追いやられることになった。

あたりがすっかり静かになってから、わたしはこっそりと廊下を横ぎってべつの部屋にはいり、木立ちごしに小さな教会のほうをながめた。そして耳を傾けている誰かにいうみたいにひとりごとをいった。『すぐにそっちへいくわ。そうしたら誰も、ここにいる誰も、二度とわたしに会えやしないわ』ってね。

考えてもごらん。たった九《ここの》つの小さな女の子が世界じゅうに腹をたてて、はやくその子に会いたいと思っているお母さん、そして――わたしはそのときまだ知らなかったのだけれど――まもなくイギリスにもどってくることになっていたお母さんのことさえほとんど忘れてしまっていたのだからね。

さてそれからお葬式になった。わたしは――今でも鏡のなかに立っていた自分の姿を眼に浮かべることができるよ――縮緬《ちりめん》の裾《すそ》飾りをつけた黒い服を着て、白いフリルの襟《えり》飾りを首のところにつけ、袖《そで》口からもおなじような縁飾りをのぞかせていた。そしてやせこけた白い顔に石炭のように黒い眼をしていたよ。

見てもわかるとおり、気の毒な伯父さんの最後の休み場所まではごくわずかの距離しかなかった。そのころは長い手押し車が使われていてね、そのうえに花を飾ったのを男の人たちがわたしたちのまえに立って押していった。そしてミス・ジマイマとわたしはそのあとについて畑を横ぎった。わたしはできるかぎり注意深くお祈りに耳を傾けていた。しかし教会のなかにミス・ジマイマとならんでひざまずいて、両手をしっかりと眼に押しつけているうちに、ついに気が散りはじめて一瞬わたしは指のあいだからちらりとうえを見あげた。

ここからは見えないけれど、あの教会の西に面した大きな窓には、何世紀も昔にできた緋色や青や緑のステンド・グラスがはめてあるんだよ。でもその一方の隅の、ちょうど外側に石造りのせまい庇《ひさし》がはり出しているすぐうえのところは、何年も毎年もまえに落ちてきた樹の枝でこわれてしまっていてね、明るい白いガラスで修繕してあった。そしてそこのところから、あのお墓のそばで見た顔がわたしのほうをまっすぐにじっと見おろしていた。

そのときその顔がどんなに美しく見えたかということはね、スーザン、とても言葉ではいいあらわせないね。聖者や殉教者たちのはなやかな色がその金髪――生きている黄金といったふうだったよ――をとりまいていて、その顔の蒼ざめた美しさときたら――生まれてこのかた一度も見たことがないくらいみごとだったよ。でもそのときでえさえわたしにはなにか暗い影のようなものがその朝の教会のなかにしのびこんできているのがわかった。そして窓の両側にあってまじまじと眼を据えている石の顔が、みんなほんとうに生きているみたいに見えてきたのもわかった。わたしはもう年とった牧師さまのいっていることなんかひとこともきこえなくなって、今にも誰かがわたしの見ているものに気がつくんじゃないかと思いながら、指のあいだからじっとそれを見つめていたよ。そのほほえんでいる唇がわたしのほうにむかって『出ておいで、出ておいでよ！』とささやいているのだということは、わたしにはよくわかっていた。

からだじゅうの骨が痙攣をおこしたみたいになって、やっとのことでわたしは頭をちょっとひねってミス・ジマイマのほうを盗み見ることができた。ヴェールのしたの大きな顔はその眼を閉じ、唇をしきりに動かしていた。なにかまずいことがあるということには彼女はぜんぜん気がついていなかった。そしてわたしがもう一度見上げたとき、窓のところの顔は消え失せてしまっていた。

その日は燃えるような暑さだった——あんまり暑いので、お墓のそばにおいた花はミス・ジマイマがわたしを家につれて帰るより先にもうしおれはじめていたくらいだった。つれだって石を敷いた玄関のところまでもどったとき、その涼しい蔭のなかでミス・ジマイマは立ち止ってヴェールごしにわたしをじっと見つめた。『もうしばらくはここにおいておくことになるんだろうね。それよりほかにあんたをどうしたらいいか見当もつかないからね』と彼女はいった。『しかしこの家が今じゃわたしのものだということは知っておいてもらわなくちゃね。わたしはあんたのお母さんにあんたがどんなに悪い子になりかかっているか知らせるつもりですよ。そうすればたぶんお母さんも、あんたのような恩知らずで強情な子の扱いかたがわかっているような学校へあんたをいれるようにと頼んでくるだろうからね。それにしてもあんたのその悪い性質のおかげであのお気の毒なかたがお墓にはいるようなことになったのだときいたら、お母さんは悲しがることでしょうよ。さてと、嬢さん、きょうの大事なことはもう終ったんだから、寝室へいってバタつきパンを食べてミルクを飲んで、わたしのいったことをよく考えてみなさい』」

「ねえ、おばあちゃま」とスーザンはからだがふたつ折りになるくらいに身をこごめて叫びました。「ミス・ジマイマってあたしが今までにきいたうちで一番怖ろしいひとだわ」

「まあね、おまえ」とお祖母さんはいいました。「わたしはもうずいぶん長い年月をすごしてきたし、人間なんていうものは物とおなじだと自分にいいきかせたほうが賢いと信じることにしているからね。それに、もしわたしがミス・ジマイマを憎んでいなかったとしたら、それでもミス・ジマイマはわたしにきびしくしただろうかね？　とにかく今ではあのひともやっぱりあそこに眠っているし、ゆるしてもらうということはもう絶対にできないからね」

スーザンは顔をそむけて、北のほうの、しばらくまえにさまよう馬の群れが消えていったあたりにひろがる田園風景をじっとながめました。たそがれはそのあたりではもうしだいに夜へと姿を変えはじめていました。

「それでおばあちゃまはほんとにミス・ジマイマのいったことを考えてみたの？」とスーザンは低い声でいいました。

「わたしが最初にやったのは、バタつきパンを窓から投げ捨てることだったよ。そうして鳥たちがさんざんけんかをしたあげくにそれをすっかり食べてしまうのを見とどけるまで、わたしはなにひとつ考えてみようとはしなかった。家のそちらの側は蔭になっていて涼しくてね。教会への悲しい道をいって帰ってきたせいか頭が痛かったよ。窓のところを離れてからわたしは黒い服を脱いで、さてそれからなにをしたらいいかわからなくて、今でも憶えているけどペティコートのままでベッドのはしにすわりこんだ。そしてそのときだったよ、スーザン、もう一日だってよけいにミス・ジマイマの家にいることにはがまんできないと心を決めたのはね。

とにかくわたしももし逃げ出す気ならつれもどされないように気をつけなければいけないとわかるくらいには賢かったよ。そんな恥ずかしいことになるかもしれないと思うと、からだじゅうが熱くなるくらいだった。そのくせあと何日かせいぜい二、三週間くらいしんぼうして待てばお母さんから手紙がくるというのに、それも待てない自分が弱虫でばかだということにはまるで気がついていなかった。そこでわたしは部屋にあった本――祈禱書だったよ――のページを一枚破って、お母さんにあてて、わたしがどんなにみじめでそして悪い子だったたか、どんなにお母さんに会いたいと思っているかを伝えるために、二こと三こと走り書きした。おかしなことにね、スーザン、わたしはそんなことを書きながら自分をとてもかわいそうに思ったよ。そしてお母さんがそれを読んだらどんなに悲しがるだろうかと思い、お母さんがミス・ジマイマにさんざん非難の言葉をあびせたらどんなにいいきみだろうとも思った。でもそれからどこにいこうと思っているかについては、その手紙にはひとことも書かなかった」

「でもそのときはまだどこへいくかほんとには考えていなかったんでしょ、おばあちゃま」とスーザンはほんのすこしお祖母さんにすり寄ってささやきました。「そうじゃないの？　そのときにはってことよ」

「そうだよ、でも誰のところへいくかについてはぼんやりとわかっていたよ。どうしてかというと、古いおとぎ話のおかげで、わたしは人間の子供たちがここととはまるでちがう世界――おとぎの国――

――へ、どういう方法でかは知らないけどつれてゆかれることがあるのだと信じていたからね。それにわたしはすっかり英語を忘れてしまってそこから帰ってきたふたりの子供のお話を読んだのを憶えていた」

「わたしはそんなふうなことを書いた詩をふたつ知ってるわ」とスーザンはいいました。「ひとつは『真実のトマス』――『詩人トマス』のお話よ。知ってるでしょ、おばあちゃま。トマスは妖精《エルフ》の国《ランド》の女王さまのところに七年ものあいだずっといたのよ。もうひとつは、ええと……ええと、あれはね――でも、いいわ、どうぞ、どうぞつづけて」

「さて、わたしはその小さな手紙に、必要なときいつでもひっぱり出せるように木綿糸の切れっぱしを結びつけてから、それを羽目板《はめいた》の割れ目に隠した。翌朝わたしは早く起きて大急ぎで服を着こむと、朝ごはんのまえに忍び足で家を出て教会へむかった。ミス・ジマイマはきっとわたしがいないことに気がつくだろうし、もし一度か二度わたしが墓地におとなしくすわっているのを見つけたら、おそらくつぎのときにはそこにいるとはかぎらないということに気がつくまいと、まあそんなごまかしを考えたんだよ。策略というものは決まってややこしいものでね、スーザン、それを作った本人までがなにが何だかわからなくなりがちなものだよ。

　教会のせわをしていたお爺さんのフレッチャーさんは、扉の鍵をいつも持ち歩かないですむようにそれを鐘楼のしたのところの大きな石のかげに隠すことにしていた。わたしはフレッチャーさんがそれをそこにおくところを見たことがあったんだよ。さわやかなきらきら光っているような日だった。空の高いところに薄い銀色の雲が――わたしは天使と呼んでいたがね――ひとつふたつ浮かんでいて、露のいっぱいおりた生け垣にそってとびはねるように歩いていくと、あまりの明るさでしばらくはやっかいごとをみんな忘れてしまうくらいだった。

まず最初にわたしが考えていたのは、墓地にいるあのふしぎなもののことをすっかりはっきりさせようということだった。そしてそれから、逃げ出す方法を計画するつもりだった。わたしはひなぎくを集めて花束を作り、鐘楼のところへいった。そして石のしたから鍵をとり出してなんとか扉をこじあけ、誰もいないひんやりした静けさのなかにすべりこんだ。わたしはまだ小さかったけどね、スーザン、妖精か小人か知らないけれど、とにかく彼女《あれ》がわたしが教会のなかにいるところへほんとうにやってくれれば、それが彼女《それ》とつきあっても害がないということの証明になるにちがいないという結論に達していた。それでもやっぱり心の底では自分がなにかわけのわからない危険にまきこまれているのを感じていたがね。

小さな教会のなかにはうえのほうに彫刻をした古い樫の木の椅子がいくつかあって、そのうちのひとつふたつにはひっぱり出して使う補助椅子がついていて、側廊のほうに伸ばせるようになっていた。わたしはひなぎくの花輪を作るのに――なにかそこでやることがあるふりをするためにね――夢中になりながら、同時に今はいってきたばかりの開いた扉のほうを横目で見ていられるように、その補助椅子のひとつに腰をおろした。そしてじっさい、そう長く待つ必要はなかった。

教会の石の壁がそとの光をさえぎるところにいながら、わたしは野鳥たちの歌う声がかすかにきこえるなかに彼女《それ》がこっそりとやってくる気配を感じとった。心臓はどきどきして今にも止ってしまいそうだったけれど、わたしは一インチも頭を動かそうとはせずに、ずっと横目でそっちを見つづけていた。おかげですぐに眼が痛くなってしまったけどね。その姿ときたら——どんなに背が高かったかということは今になって思いかえしてみてもうまく言葉にできないけどね——虹の七色の光でできているように見えるのに、亜麻色《あまいろ》の髪でふちどられた顔の表情は石に彫った天使の顔みたいにあざやかでね、声ときたら耳のすぐそばできこえるのに、どこからそれがきこえてくるかということになるとどうもよくわからないといったふうなのさ——そんな姿や声がおまえさんに想像できるかどうかはわからないけどね、とにかくあの遠い遠い朝、七十五年も昔のあの朝にあそこの灰色の屋根のしたでわたしが見たのはそんなふうなものだったんだよ。しかしそうやって横目でじっと見ているうちにだんだんはっきりしてきたのは、彼女《それ》ができるかぎりのいろんな方法でわたしの注意をひこうとしていて、わたしのばかさかげんにいらいらしてきてさえいるのに、それでも敷居をこえることはできないか、あるいはしたくないらしいということだった。そこでわたしもそこを動かずに、しおれてぐにゃぐにゃになってきたたんぽぽの茎をいじりまわしながら、じっとそちらをながめつづけていた。こうして奇妙な何分かがすぎていった。

しかしそのうちついに、足音が近づいてくるのをきいたような気がしたわたしは、びっくりして思わず頭をそっちへむけてしまった。彼女《それ》も同様にその音をきいたらしく、わたしのほうをまじまじと見つめながら、雪のうえの影よりも静かにそこに立ちつくしていた。考えというものはひとが思っているよりもずっとすばやく顔に出るものじゃないかね。わたしはそのとき恐くもあったし、もっとそばに寄りたいという気もしていた。わたしが彼女《それ》の仲間になりたがっているのに彼女《それ》が気がついてくれるといいのにとも思ったのだけれど、でもそのときはもう危険が迫っていた。きこえてきたのが誰の足音か、わたしにはよくわかっていたからね。見ているうちにその顔には、鋭くて冷たい人間離れした表情――怖れのではなくて、どちらかというと憎しみの――が浮かびあがってきて、そして彼女《それ》はいなくなってしまった。わたしはいっそう夢中になったふりをして、ひなぎくのうえにかがみこんだ。するとその静けさのなかに、はるか遠いところで吹く口笛のようなかすかな音がきこえてきたよ。

そのときポーチに人影がさして、見るとそれはミス・ジマイマだった。おかしなことにね、スーザン、ミス・ジマイマもまた教会のなかにはいってこようとはしなかったよ。そしてそこに立ち止ったまま、蜜のように甘ったるい声で『朝ごはんですよ、スーザン』とわたしを呼んだ」

「それ、どんな声でいったのか、ちゃあんとわかるわ、おばあちゃま」と小さな女の子はいいました。「だってわたしの名前もスーザンなんだもの」

「そうだね、おまえ」と老婦人はスーザンの手を握りしめながらいいました。「おまえのお母さんがわたしの名前をとってそうつけたんだものね。そしておまえがいつまでもここにいるこのスーザンでいてくれたらいいと思うよ……」するとそのとき一羽の雲雀《ひばり》がすぐそばの丘のうえからきゅうに飛びたって、青いたそがれのなかへと消えてゆきました。老婦人は物語をつづけるまえに一瞬それに耳を傾けました。

「さて」と老婦人はまたはじめました。「わたしはエプロンのはしをつまんで膝のうえのものをかかえると、側廊を伝ってミス・ジマイマのほうへ歩きだした。するととつぜん、ごろごろというかすかな音がきこえてきた。わたしにはそれが何の音だかわからなかった。するとこんどはがしゃんとぶつかるような音がした。見ると、ちょうどミス・ジマイマの足もとの陽《ひ》の射しているところに、小さなプラム・プディングくらいの大きさの石が転がっているのが見えた。ミス・ジマイマは弱よわしい叫び声をあげた。とっくに蒼ざめていたその頰はすっかり血の気を失ってしまった。わたしが近寄ろうとすると、ミス・ジマイマはまずわたしを、それから石を、そしてまた自分のうしろのほうをつぎつぎにじっと見つめた。

『あんたはそこで——神さまの教会のなかで——誰かとしゃべってたわね』と彼女はわたしのほうに身をかがめてかすれた声でささやいた。『誰とだったの?』

わたしは石を見つめて、震えながら頭を振った。

『ちゃんとこっちを見なさい、悪い子だね』とミス・ジマイマはささやいたよ。『いったい誰に話をしていたの？』

　わたしはやっと顔をあげた。そして『誰もいないわ』と答えた。

『あんたの眼を見ればうそだってことはわかるわ！』とミス・ジマイマは叫んだ。『それにあんたときたら、神聖な場所でひなぎくの花輪を編んだりするような子なんだからね！　こっちをにらむのはおやめ。きいてるの、嬢さん？　まったくあさましい妖術使いのちびさんだよ！』

　まるで煙のうえに炎で書いたみたいに、この言葉はわたしの胸のなかでぱっと燃えあがった。しかしわたしはじっと石のほうを見つめていた。ミス・ジマイマがひっきりなしに首を動かしてまわりをきょろきょろと見まわしているのは、見はしなかったけれど感じでわかった。

『もう二、三インチそっちに寄っていたら』とミス・ジマイマは低い声でつけくわえた。『わたしはあんたに殺されていたよ』

『わたしにですって』とわたしは怒って叫んだ。『わたしがそれと何の関係があるっていうの、ミス・ジマイマ？』

『ああ！』とミス・ジマイマはいった。『あんたのお気の毒な伯父さまがやすらかにお休みになろうとしているここで、あんたが誰とつきあおうとしたのかをいってくれさえしたら、わたしたちにももうすこしよくわかるでしょうよ』とね。

まったく怖ろしいことだけど、うち明けていえばね、スーザン、その朝のあいだずっと、その瞬間になるまで、わたしは伯父さんのことを一度も思い出さなかったんだよ。そのまえには伯父さんのことを思うたびに涙で胸がいっぱいになって、何度も何度も泣いてばかりいたっていうのにね。『さあ、それじゃ』とミス・ジマイマはまたいった。『一日か二日、パンと水だけでひとりでいてもらわなきゃね。そうすればその舌もいうことをきくだろうよ』

わたしはひとことも返事をせずに畑を横ぎって彼女のあとについていった。そして数分たつとかびくさいパンの皮と一杯の水だけを話し相手に、寝室のなかでまたもやひとりぼっちになってしまった。

もしあの朝、わたしの怒りの涙が水のなかに滴り落ちたとしたら、その水はほんとうに塩からい味になっただろうと思うよ。でもわたしは鼠一匹といえどもわたしの泣き声をききつけたりしないように、声を出さずに泣いた。頭のなかはもう永久にこの家を出てしまおうという考えでいっぱいで――あの石のことを考えてみる勇気はとてもなかったからね――ほかの考えはみんなどこかへいってしまっていたよ。でもひとつだけ忘れることのできないことがあった。それはあの『妖術使い』という言葉だった。その言葉がどれほどわたしを恐がらせたかは、どうにも説明ができないほどだよ。わたしはまだ小さかったけれども、どんなにわたしが悪い子であったとはいえ、ミス・ジマイマの扱いはやっぱり不当だと知っていたし、それにまた怖ろしいことに石が落ちたのが偶然なんかじゃないということもわかっていた。わたしはあの妖精の顔の表情を見ていたし、それに……」老婦人はそこまでいうととつぜん話をやめ、びっくりしてあたりを見まわしました。「おやまあ、もう帰らなくっちゃ。露がおりはじめているし、風もすっかり冷たくなったよ」

「ああ、おばあちゃま」と女の子はいいました。「もうちょっとここにいたいわ――ほんの、ほんのちょっとでいいから！」

「そうだね、おまえ、わたしもそのほうがいいよ。この年では二度ともうここへはこられないからね。ここにいるといろんなことを思い出すよ。しかしそれにしても、もしあのとき――」

「ねえ、おばあちゃま」と女の子は草のうえから日傘を拾いあげながら、大いそぎで口をはさみました。「残りのお話はもうまっすぐに、さっさと帰りながらしてちょうだいな」しかしスーザンにはお祖母さんがそれをきかなかったのではないかという気がしました――お祖母さんの顔はそのときそれほどぼんやりしていて、眼もうつろに宙を見つめていたのでした。年老いたその小さな眼はもう一度注意深く足もとにひろがる景色のほうにむけられました。それから一瞬老婦人は、それをもっと完全に憶えておこうとするかのように眼を閉じました。そしてやがてふたりはゆっくりと丘をのぼりはじめ、物語もまた先へ進むことになりました。

「その午前中の長い時間、わたしのところへは誰もやってはこなかった」と静かな声はまた話をつづけました。「しかし午後になるとドアの鍵が開いて、ミス・ジマイマが、一週間おきの日曜日に教会でお勤めをしている牧師のウィルモットさんを案内してきた。今おまえさんに、そのときいわれたことを話すつもりはないよ。ウィルモットさんというのは親切で穏やかなお爺さんではあったけれど、墓地のなかに鳥と墓石とときどき迷いこんでくる動物と以外になにかがいるということがありうるとは考えもしないような人だったからね。すっかり話をしてもウィルモットさんはにっこりと笑っただけで、ミス・ジマイマの質問をくりかえすようなことはなにもいわなかった。

ウィルモットさんはその骨ばった大きな手でわたしの手をとると、いい子になるようにとわたしに頼みこんだ。そのときのほほえんでいる顔が今でも眼のまえに見えるようだよ。『あなたのお母さんのためにというだけでなく』とウィルモットさんはいった。『なにがなんでもそうなって下さいよ』とね。

『ねえ、あなた』とウィルモットさんはつづけた。『ミス・ジマイマは親切にしようとしているんだと思いますよ。そしてわたしたちに課せられているのは、とにかくいい人間になろうとすることだけです』

わたしはのどにつまっていたかたまりをごくりとのみこんでからこういった。『でも妖術使いっていうのはとてもいけない言葉じゃないんですか?』ってね。

ウィルモットさんは立ちあがった。『わたしの小羊さん』とかれは叫んだ。『ミス・ジマイマが妖術使いなんかじゃないことは、わたしが絶対にうけあいますよ!』そういってウィルモットさんは身をかがめてわたしの頭のてっぺんにキスして、部屋を出ていってしまった。

一、二分たったとき、ウィルモットさんがまたもどってくる足音がきこえた。かれはドアを一インチほど開《あ》けてのぞきこむと、『さあ、もうすっかりよくなりましたね！』といって、眼鏡ごしにわたしにほほえみかけた。そして、ジャムつきのパンがひと切れとミルクのコップがひとつのったお盆を持ってなかにはいってきた。『ほら』とウィルモットさんはいった。『これは妖術じゃありませんね？　あなたももういうことをよくきくおとなしい子になったわけだし、お母さんがあなたに会ったらどんなによろこびになることか、ね？』」

「そのウィルモットさんって」とスーザンは断固として調子で口をはさみました。「わたしのこれまで知ってるうちで一番親切な人のひとりだと思うわ」

するとお祖母さんはその顔にいっぷう変わったほほえみを浮かべて、スーザンのほうを見おろしました。「たしかに親切だったよ、スーザン。あんまり親切なので、パンにつけた木苺のジャムがあまりありがたいとはいえないなんてことはけっしていう気にはなれなかったね！　ウィルモットさんの足音がすっかりきこえなくなるとすぐに、ドアにもう一度鍵をかける音がきこえた。かれがそうしていってしまったあとでわたしが自分にどういったと思うかね？　わたしはわびしい思いでお盆を見つめ、それから窓のそとをながめて、そしてね、スーザン、お話の本のなかにときどき出てくるあれにちがいないと思うことをやったよ——つまり両手をちょっとばかりもみしぼって、こうくりかえしたのさ、『あのひとにはわかっちゃあいないわ。そうよ！　ちっともわかっちゃあいないんだわ』ってね。

一時間か二時間ほどたって、こんどはミス・ジマイマが自分でドアを開けて顔を出した。そしてすわっているわたしのようすを調べるような目付きで見て、それから手をつけてないジャムつきのパンのほうに視線を落とした。

『まあ』とミス・ジマイマはいった。『ウィルモットさんのような善良なかたには強情な心というのがどんなに堅くできてるものかおわかりにならないんだわね。あんたに不親切にしようというわけじゃあないけれどね、スーザン、わたしにはあんたのお母さんとお気の毒な伯父さまに対する義務というものがありますからね。あんたがけさの横柄《おうへい》な態度のことをあやまって、教会で誰としゃべっていたかをいうまでは、この部屋から出しませんよ』

わたしは嘘を――『だって誰とも話してなんかいなかったんですもの、ミス・ジマイマ』という嘘を――つこうと思ったのだけれど、それは舌のところですっと消えてしまった。そしてわたしはただ黙ってミス・ジマイマを見つめた。

『あんたの顔の皮は鉄でできてるんだわね、スーザン』とミス・ジマイマはいったよ。『もしこのまま大きくなったら、とんでもないあばずれになるんでしょうよ』

「そんなことをいうなんて」とスーザンはいいました。「ほんとにぞっとするようなことだと思うわ、おばあちゃま」

「ときというものは移り変わるからね、おまえ」と老婦人はいいました。「さてさて――ふむ、ありがたいことにお話はもうたいして残っていないよ。この丘ときたらまったくもう息のありったけを横取りしてしまうんだからね！」

ふたりは今、丘のてっぺんに立っていました。空はもうその明るさを失いはじめており、ふたりの足もとをぐるりととりまくひろびろとした谷間にたちこめた霧は、しだいに濃くなりかけていました。はるかはるか遠く、荒野をへだてたむこうからは、赤みがかった月が昇ってきていました。遠く足もとのほうでは犬の吠える声がしました――あるいはそれは亡くなったミス・ジマイマの農場からきこえてきたのだったかもしれません。低い塀《へい》に囲まれた小さな教会は、散らばった墓石をかかえていくらかちぢんだように見えました。

「ねえ、それで、おばあちゃま」とスーザンは手をすぐそばにあった木綿《もめん》の手袋をはめた手のなかにすべりこませながらささやきました。「それからどうなったの？」

「それから」とお祖母さんは答えました。「ドアの鍵がまたかけられたよ。寝室にすわりこんだそのばかなおちびさんはからだじゅう怒りと憎しみとでいっぱいになってね、夕がたになったころぐっすりと眠りこんでしまった。そうして怖ろしい夢を見たにちがいないんだけれど、起きてみるとどんな夢だったか思い出すことはできなかった――ただその怖ろしさだけしかね。ひとりぼっちだったわたしはそのおかげでとても恐い思いをした。窓のそとの暗さを見ると、すくなくとも九時か十時にはなっているということがわかった。つまり、もうすっかり夜がきていたというわけだった。そう思うとわたしはほとんど息ができないみたいになった。お盆の横には新しくミルクをいれたコップがおいてあったけれども、わたしにはそれに口をつけるようにと自分を説きつけることすらできなかった。

それからしばらくして、ミス・ジマイマがわたしの部屋のまえを通りすぎる足音がきこえた。その足音はそこで止ろうとはせず、やがてわたしには彼女が自分のみじめな小さい囚人のようすを見るてまさえも惜しんで、さっさと寝てしまったのだということがわかった。その無慈悲さがわたしの決心を固めさせた。

わたしは忍び足でドアのところまでいって、両手でそっと把手をまわしてみた。しかしそこにはまだ鍵がかかったままだった。そこでこんどは窓のところにいってみると、そこからはんの二、三フィートのところに、半分くらいまでいっぱいになった大きな干し草車が、まるであの妖精が魔法を使ったかのようにかじ棒を高だかとあげてひきよせてあるのが見つかった。そこへ飛びうつるのは一見あぶなそうだったけれども、わたしくらいの年の子どもにとってさえたいしてむずかしいことではなかった。それにもしそこにそんな荷車なんかなかったとしても、わたしはやっぱり飛びおりただろうと思うよ。わたしにはもう逃げ出すこと以外考えられなかった。どこへでも——ミス・

ジマイマに見つからないところならどこへでもいいと思ったよ。

しかしそんなふうにすっかり興奮してばかなことをしようとしているさいちゅうではあっても、まず——窓から飛びおりるまえに——抽き出し簞笥から暖かい毛織の上着を出し、お金のはいった箱をあまりじゃらじゃら音をたてないようにスカーフでくるんでおこうと思いつくくらいの分別《ふんべつ》は残っていた。羽目板の割れ目から糸で結んでおいた手紙をひっぱり出すと、わたしはそれを桃色の化粧台のうえにおいた。そしてそのときだったよ、うす暗がりのなかで鏡にうつった自分の顔を見たのはね。わたしにはほとんどそれが自分だとわからないくらいだった。それはね、スーザン、今のこのわたしとほとんどおなじくらい年をとって見えたよ」

「ええ、わかるわ、おばあちゃま」とスーザンはいいました。

「それからわたしは飛びおりた——どこにも軽いけがひとつせずにね。そして裏庭にはいおり、家にそって歩いて犬小屋のそばをこっそりと通りすぎた。もっとも年とった牧羊犬は、わたしがそばを通っても尻尾《しっぽ》をちょっとぴしゃっとやって鎖を揺すっただけだったがね。そしてじきに背の高い門柱のそばを通りすぎるやいなや、わたしは足のつづくかぎりに走りだした」

「まさか」とスーザンはあたりの静けさのなかでほとんど叫ぶような声をあげました。「まさか墓地へじゃあないわね、おばあちゃま。それだと一番すてきだと思うけど」

「そんなにすてきだなんてことはなかったよ、おまえ、ミス・ジマイマが教会に近づいてきたときの憎しみでいっぱいになった邪悪な表情を見てからというもの、わたしはすっかり妖精が恐くなっていたのだからね。だまされちゃいけない、あれがろくなことをたくらんでいるわけがないと、なにかがわたしのなかでずっといいつづけていた。うまく説明はできないけれど、でもそんなふうだったよ。しかしそれと同時に彼女《あれ》がわたしをつれていこうとするところへどこまでもついていきたいとあこがれる気持もあった。どうして彼女《それ》が人間の子どもをつれていこうとするのかはわからなかったけれども、彼女《それ》がほんとにわたしをほしがっているのだと確信するにはいくらもかからなかった。

　ほら、この傘の先でさしているほうを見てごらん、スーザン。農場のむこう側にある大きな野原が見えるはずだよ。でもおまえのいい眼で見ても、そこに石がいくつも立っているのはわからないだろうね。あれは踊る人たちと呼ばれていてね、暗いときにそのそばを通るのはひどく恐かったのだけれど、そこよりほかにゆく道はなかった。しだいにそこに近づくにつれて、わたしの心臓は肋骨のしたで太鼓のようにどくどくと音を立てはじめ、とうとうそこにきてしまうまで鳴りやまなかった。

　そしてそこの一番大きな踊り手の足もと、ちょうどわたしのゆく手に、彼女《それ》がすわっていた。彼女《それ》はいつもよりもいっそう美しく見え、闇のなかに光を放って輝いていた。しかしこんどは彼女《それ》がひとりでいるのではないということがわたしにはわかった。そのとき心のなかをどんな思いが走りすぎたかは、とても言葉ではいいあらわせないよ。わたしはそっちへ進んでゆきたかった。しかしそう思うということが苦しくもあった。思いきってそっちを見ることはとてもできず、考えられることといったらなにも見ていないふりをすることだけだった。どうして勇気を出すことができたのか、わたしにはわからないよ。たぶんあれは、恐怖がもう耐えがたいくらい大きくなったときに出てくるものだという勇気だったんだろうね。

わたしはお金のはいった箱を草のうえにおいた。スカーフはとっくに露でしめってしまっていた。それからわたしはゆっくりと時間をかけて黒い上着を着こみ、ボタンをかけた。そして踊る人たちのあいだを縫う小道を、まんなかにあるヴァイオリン弾きと呼ばれている石のほうへと、眼をそらしたままゆっくりと歩いていった。夜の空気は冷たくて静かだった。でも石のほうへ近づくにつれて、あたりは声やものの形や、翼の音や楽器の響きやでいっぱいになっているように思えてきた。わたしは怖ろしくなってうろたえてしまった。もうなにひとつ考えることなどできなかった。

わたしはただひたすら『おお、神さま、お願いです、神さま』といいながら歩きつづけた。そしてやっとその石のところまできたとき、とつぜん世界はすっかり暗く、冷たく、死んだようになってしまった。そこにはその大昔の石が、何世紀もの昔からそうであったとおりに緑の草のあいだから傾いてつき出しているばかりで、そのほかには何の気配も、誰がいるという感じもまったくしなかったよ、スーザン」

「その石がちゃあんと眼に見えるような気がするわ、おばあちゃま。でもわたし、なにをくれるっていわれてもそんなふうに暗くなってからそこへゆくのはいやだわ――どんなものをもらったとしてもよ……おばあちゃまがいってた妖精を追い払ったっていうのはそのことだったんだわね。それからどうなったの、おばあちゃま？」

「そのときはね、スーザン、心臓がとび出してしまいそうな気がしたよ。もうあたりがまるで見えなくて、よろめきながらしばらく走りつづけているうちに、わたしは草の茂みか土龍《もぐら》の塚につまずいてすっかり平均を失ってうつぶせに倒れてしまった。そしてそのまま草のなかに横たわってお祈りをしたのだけれど、その文句はもうぜんぜん憶えてないね。

しかしこんなことがあってもわたしはひきかえそうとはしなかった。そしてやっとのことで起きあがると、うしろを振りかえらずにさっきよりも軽い足取りで畑を横ぎって走りはじめた。畑には門があってそこから間道に出られるようになっていた。門には南京錠《なんきんじょう》がかかっていて、乗りこえようとしてうえにのぼると、地面がわずかに高くなっているのをこえてそのむこうを見ることができた。小道はそのあたりでは小さな丘のしたを通っていたのだったからね。

そしてその道を馬車が一台、ランプをきらきらさせながらわたしのほうにむかって近づいてきた。門をはいおりて生け垣の根もとにうずくまっていると、二、三分ほどたってふたたびそのランプが斜面の頂上にあらわれ、とぼとぼと足取りの重そうな馬が丘を下ってきた。その夜はとてもすばらしい夏の晩で、空はいっぱいの星でほのかに明るかった。その日がもし寒くて雨だったとしたらどんなことになっていたか、わたしにはまるで見当もつかないよ。しかしとにかくそのときは暖かだったし、空気もまるでミルクのようだったから馬車の幌はたたんであった。

馬車が生け垣にそってごろごろとやってきたとき、かすかな星明かりでわたしはそのなかにすわっているのが誰であるかを発見した。馬も御者《ぎょしゃ》もわたしには気がつかなかった。わたしはぱっととびあがって足のつづくかぎり懸命に馬車を追いかけ、出せるだけの大声を出して『お母さん、お母さん！』と叫んだ。

わたしの叫ぶ声はたぶん、堅い地面のうえを転がってゆく車輪のごろごろいう音と馬のひづめの音にかき消されてしまったのだろうと思う。でもわたしはまだお金の箱をしっかりと握りしめていたし、スカーフにくるんで音が出ないようにしていたとはいえ、それはひと足ごとに鳥おどしのような鈍い音を立てつづけていた。やっとのことでお母さんの注意をひいたのは、この音だったにちがいないと思うよ。お母さんは振りむいてわたしの姿を見たとたんに口をぽかんとあけて――今でも眼に見えるようだよ――すぐにとびあがって御者のボタンのついた上着の裾をひっぱった。すると馬車はきゅうに止った……」

「そしてそれで」と老婦人はいいながら、ぐるりととりかこむようにひろがる田舎の景色を最後にひと目見ようと振りかえりました。「それでお話はおしまいだよ、スーザン」

スーザンは大きなため息をつきました。「あたしにはとても想像できないわ、おばあちゃま」とスーザンはいいました。「おばあちゃまが馬車のなかでもう大丈夫だっていうとき、どんな気持がしたかってことはね。それに――」しかしここまでいったとき、スーザンはそっとひとり笑いをはじめて、きゅうに足を止めてしまいました。「それにもうひとつとても想像できないのはね」とスーザンは言葉をつづけました。

「おばあちゃまとひいおばあちゃまがドアを叩いたとき、ミス・ジマイマがどんなふうに思ったかっていうことだわ。以前おばあちゃまは、その音をきいたミス・ジマイマが寝室の窓を開けて、寝間着のままで顔を出したっていう話をして下さったわね。わたしはミス・ジマイマがそのとき、おばあちゃまが踊る人たちのあいだにいたとき恐かったのとおなじくらい恐い思いをしたのならいいと思うわ」

ふたりはもうその丘の、農場や教会があるのとは反対の側を下りはじめていました。ふたりの眼のしたには馬車が待っており、空には宵の明星も見えていました。世のなかにそれ以上平和なながめはまたとないといってもいいくらいでした――ふたりをとりまく銀色の樺《かば》の樹はみんないっぱいに小さな葉をつけて、深い空の青のしたでひっそりと静まりかえっており、ハリエニシダと杜松《ねず》の茂みのあいだでは兎たちが遊びたわむれていました。

「やれやれ、奥さま」と年をとった御者は馬車のドアを開きながらいいました。「ひょっとすると妖精どもが奥さまとそちらの若い御婦人をさらっていったんじゃねえかと思いはじめていたところですよ」

スーザンはそれをきいてすっかり吹きだしてしまいました。「ねえ、おばあちゃま」とスーザンはいいました。「とっても、とってもおかしな偶然の一致だとお思いにならない?」

盗人

　昔むかしのこと、かのおおいなる都ロンドンのある邸宅にひとりの盗人が住んでいました。その豪華絢爛《ごうかけんらん》さにおいて、かれに匹敵するような盗人はひとりもいませんでした。かれは大小さまざまの馬車を持っていました——青林檎《りんご》色、深紅色、緋《ひ》色、カナリヤ色、それに栗色の馬車でした。四十頭の馬のいる厩《うまや》もありました——栗毛にクリーム色、葦毛に斑《ぶち》の馬たちでした。白や黒や黄色の肌をした御者や馬丁や松明《たいまつ》持ちや先駈けもいました。かれの命令をきく召使はとても大勢でした。かれが召使たちの名前を憶えようとしたことは一度もありませんでした。召使たちはかれが手を叩くとやってきて、また手を叩くといってしまうのでした。

　大理石でできたかれの部屋べやには、金色をした天井《てんじょう》の高さにまでこのうえなく豪奢な家具類がつめこまれていました。お金などかれにはなにものでもありませんでした。お皿や鉢や水差しや水盤はもちろんのこと、椅子の脚輪や鍵や錠、それに呼び鈴の紐までが、なかまですっかり金《きん》でてき

ていました。もっとも床暖め器はトラキアの純銀製でした。床にはビロードのように柔らかなゴブラン織が敷いてありました。壁にはアラスやバイユーの綴れ織りがかけてありましたが、そのひとつひとつには隅に九百九十年という日付がはいっていました。大理石と雪花石膏の階段には、ペルシャやインドやバンコックやサマルカンドの絹の敷物が、花のようにまき散らしてありました。

絵はどうかというと、かれの私室には十四ヤードに六ヤードのアテネ包囲の絵が、それにふさわしい額縁におさまってかかっていました。地下室は葡萄酒《ぶどう》でいっぱいで、屋根裏部屋には——床板から垂木《たるき》まで——ブラジル金貨やドブロン金貨、ダイヤモンド、ルビー、東洋の真珠、スペイン金貨などの袋がぎっしりつまっていました。この世界がはじまって以来こんな盗人はまたとありませんでした。そしてかれはその邸宅にひとりっきりで住んでいたのでした。

そのうえ、かれはみごとな体格をしてもいました。四角ばったずっしりした身体に大きな頭と多少やぶ睨みの小さな緑色の眼、そして着ているものはというと、ヘンリー八世ふうのビロードの胴着に薔薇《ばら》色の絹の長靴下というぐあいでした。さてそのかれももう齢《よわい》六十に近く、世界じゅうで盗む値打ちがあると思うものはみんな盗んでしまいましたので、ただひとつの望みといっては結婚して落ちつくことだけになってしまいました。安全に気持よく暮らし、尊敬され愛されるようになりたいと、かれは願ったのでした。そしてまたかれは子供たちのいる子供部屋にひどくあこがれていました。不正に手にいれた財産をかれは子供たちにわけてやりたいと思ったのでした——すくなくとも十人はいります。げんきいっぱいな五人の息子たちと、亜麻《あま》色の髪をした五人の美しい娘たちが必要なのです。

そしてそのうちに時が満ちて、たぶん九十九歳か百歳くらいになって死んだら、赤縞瑪瑙《めのう》や緑玉髄をちりばめた百種類もの大理石で作った、大きなお墓に埋めてもらうのです。そのころになればたいそう愛されるようになっていて、誰ひとりかれのよこしまな富の出どころを思いだしたいというかすかな望みさえ持たなくなっているはずだとかれは思ったのでした。その日にはたくさんのたくさんの会葬者たちが――男も女も子供たちも――すっかり黒の装いをして縮緬《ちりめん》の喪章をつけ、両手に百合の花束をかかえてお墓までついてくるのです。そしてみんなは雪花石膏でできた墓石の上に、金文字でつぎのように刻《きざ》むことでしょう。

ここにかれついに安らぎの床を定めぬ
厳《おごそ》かなる葬儀にその誉《ほま》れ天に木魂《こだま》す
残されし者みなにとりては悲しみの日々
かのよき人にまみゆる日またありやなしやと

まるでその長い孤独な日々にも六セント白銅ひとつ、ジャガイモ一個盗まなかったイノック・アーデンそっくりにです！

しかし、もちろんこれはこの盗人の頭のなかだけのよこしまな望み、愚かな夢にすぎませんでした。かれはこのような夢をたくさん持って、なおも生きつづけていたのです。そしてその夢のひとつ——墓石やお葬式よりも大切な夢——は、どうしたら幸福になれるかということでした。しかしかれのような盗人にとって、満足をするというのはむずかしいことでした。かれのような盗人が満足をするのがなぜむずかしいかというと、それはかれのような盗人にとっては安らぎを得ることが不可能であったからです。かれには自分のものだといえる友だちはひとりもいませんでしたし、敵なら数えきれないほど持っていました。通りで以前自分が強盗を働いた相手にみつかると困るので、暗くなってからか濃い霧のときでもなければ家をでるわけにはゆきませんでした。そこでかれは一日じゅうとじこもっていなければしかたがなかったのでした。つまり、みつからないためのただひとつの方法は、ひたすら家にいること、それだけだったのです。

夜であってもかれは舞踏会や大夜会や宴会や接見や儀式や祝典にむかう馬車のなかで、黄金のレースの窓掛けをぴったりとおろしてふるえていなければなりませんでしたし、斑の馬たちは耳かくしや花もようのビロードや銀の飾り房でずっしり重いほどに飾りたてて、斑点がものをいうのを誰にも気づかれないようにしなければなりませんでした。それにあるいはかれはにせの髭や頰髭をつけたりしていたかもしれません。

こうしたことはすべてかれの第二の天性になっていたのですが、それでもあるひとつのことだけはかれにはどうしても理解できませんでした——ひとり安全に家にいてペルシャの長椅子のひとつにぐったりと寄りかかり、ついぞ読むことを習わなかった美しい本のみごとな挿絵をみているようなとき、アメリカ式のオルガンにむかって一本指で曲をたどっているようなとき、または爪を噛みながら、窓から、おもての通りを歩いているどのひとりをとってもかれの下男頭の二万倍も貧しいにちがいない人々をながめているようなとき——そんなとき、そのひとつのことがかれにはまるでわからなくなるのでした。それはなぜ自分が幸福ではないのだろうかということでした。

はじめかれはそれは自分が妻を得られないでいるからだと思いました。しかしかれのように裕福な盗人ともなると、じゅうぶんにすばらしいと思えるような妻はめったにみつかるものではありません。それは大貴婦人でなければなりません。富と称号と、ピラミッドとおなじくらい古い家系を持った貴婦人でなければならないのです。かれは自分でみつけたり噂をきいたりしたそのような貴婦人たち全員に申し込んでみたのですが、ついにただのひとりもはい《イエス》といってはくれませんでした。

一番最初はアンジューとアンジュレットの女公爵でした。彼女は生まれながらの完璧このうえない女公爵で、礼儀作法は女王以上、眼と眼のあいだにそびえ立つ貴族的な鼻はバーガンディ公爵のそれに、あるいはいっぱいにひろげた天使の翼に見まがうほどでした。盗人は手紙の書きかた入門から写した最高にていねいな短かい手紙を、手習教師のセニョール・バビネッティの最高に美しいイタリアふうの書体で清書させて、彼女に送りました。はじめ女公爵ははい《イエス》といいました——もっともその返事はかれのもののように短かくはありませんでした。

しかしやがて彼女の侍従長《じじゅう》がやってきて盗人の邸宅を検分し、ダイヤモンドやドブロン金貨の袋を数え、地下室の葡萄酒《ぶどう》を味わってみる段になって、疑いが持たれはじめました。屋根裏部屋のひとつには四隅に金と銀の人魚を飾り、エメラルドの眼をしたイルカをぐるりとあしらった象牙と黒檀の櫃《ひつ》がありましたが、かれはそれをポルトガル皇帝の宮殿でみた憶えがあるように思ったのでした。またそこには家鴨《あひる》の卵ほどもある黒真珠でできた首飾りもありましたが、それがかつてほかならぬアンジューおよびアンジュレットの女公爵の首にかけられていたのを、かれはちゃんと憶えていました。かれが盗人の地下室への訪問からもどりほんのすこし眠ってげんきをとりもどすや否や、女公爵は盗人にあてて三人称で短かい手紙を書きましたが、その内容ははい《イエス》という返事ではなく、断固たるいいえ《ノー》でした。

その祖先のひとりがヘレンが生まれるより以前のトロイの王であったという、コートレットのコートロー女伯爵の場合も、三枚のお皿で同様のことになりました。彼女の最初のはっきりしないはい《イエス》のあとにつづいたのも、これまた断固たるいいえ《ノー》であったのでした。

じっさい盗人はしだいしだいにげんきをなくし、またしだいしだいに心配になり、みじめになり、腹立たしくなりました。ひとりまたひとりと貴婦人たちはいれかわりました。つぎは鬘《かつら》をつけた侯爵未亡人、そのつぎは鬘なしの男爵未亡人、そのつぎは准男爵の継娘《ままむすめ》、そのまたつぎは勲爵士《ナイト》の妻の叔母、そのつぎはそのつぎはそのつぎはそのつぎは——そしてけっきょくは誰もかれもみんな、差しだされたかれの手を侮辱をもって拒否したのでした。それはかれがやぶ睨みであったからでもなければ、ヘンリー八世ふうの衣裳を着ていたからでもなく、ただただかれがまっとうな男ではなくて盗人であったからでした。

まる一年を手紙を書くのに費やしたにもかかわらず、盗人はまだ独り身のままで、しかも十倍も不幸になってしまっていました。じっさい、ずっと前から、花嫁を見つけようというかれのむなしい努力は、あちこちで噂になりはじめていました。隣人たちは疑惑でいっぱいになって、かれの家の煙突を横目でじろりとみました。そしてひとりまたひとりと家を空《から》にし、そちらをにらんではかれのまわりから遠くへ去ってゆきました。そのうちにこの忌まわしい邸宅のあたりはどんどん寂しくなってきて、ついにはニュースを叫んで歩く新聞売り子の声がサンカノゴイの鳴き声のように響くほどになり、通りもすっかりさびれ果ててしまいました。そして今ではときとすると外国からきたみなれない者たちや、海賊か山賊のようなようすをした男たちが、荒れはてた敷石のうえにたたずんでかれの窓をみあげ、あげくのはてにきゅうにしかめっ面をするか軽蔑するように肩をすくめるかしてはいってしまうようになりました。

盗人はこうした連中を豪華なダマスク織のカーテンのうしろから盗みみては身ぶるいをしていましたが、それは半分は怒りのためであり半分は恐怖のためでした。そうです、かれはいまや自分の身にふりかかるかもしれないこと——災難——を恐れはじめていたのです。かれは赤いモロッコ皮の手桶をもう二十個用意するとそれを水でいっぱいにし、金《きん》で飾った大理石の玄関にならべて家に火をつけられた場合に備えました。さらに戸には重い鎖を三本かけ、全部の窓に新しい錠をとりつけました。何のためでしょう？　それは盗人を防ぐためでした！

それればかりではなく、かれの心は良心の呵責のために痛みはじめていました。ときおり、特にクリスマスじぶんや聖バレンタイン祭などに、大きな空《から》の荷馬車がやってきてお金の袋をひとつふたつに箪笥《たんす》や絨毯《じゅうたん》や絵などを運びだし、それが盗人が会ったこともない人たちへのクリスマス・プレゼントやバレンタインの贈り物になりました。かれはその包みに自分の住所や名前を書いたりはけっしてしませんでした――ただ「某《なにがし》より某へ」とだけ書くのでした。そのうちとうとうかれは、贈り物をする相手の見知らぬ人の新しい名前や住所を写すのにうんざりしてきました。そしてある晩のこと、かれはある幸運な思いつきをしたのでした。鑿《のみ》と金槌《かなづち》と金梃《かなてこ》を持ちだすと、かれは低いところにあるいくつかの窓の格子を破り、誰もいないしんとした夜の闇のほうへと開け放しておきました。

そしてある暗い夜のこと、かれがアラビアの肩掛けにくるまって耳をすまして坐っていると、覆面をしてフェルトの上靴をはいた悪者たちが三人、開いた窓からはいってきて、宝物を袋につめはじめました。

盗人はほっとしたように長いため息をついて手をこすりあわせました。「さあようやくこれで」

とかれは考えました。「わしはのがれて自由になれるわい。もう一度やりなおしじゃ。新しい人間としてな。わしはそのままのわしとして人に好かれるようになるじゃろう」そしてかれはほんのすこし身ぶるいをしました。しかしああ、そのとき、かれはひとりの盗人が二番目の盗人にこういうのをきいてしまいました。「サイラス、こいつはいったいなんだい？」

すると三番目の盗人が最初の盗人にこういいました。「それにこいつもさ、え？　ああまったく！もういやだぜ！」

そしてやがて三人の盗人たちはふくれあがった邪悪な袋をあとに残して開いた窓から這いだし、闇にのまれていなくなってしまいました。アラビアの肩掛けにくるまったやぶ睨みの小さな緑色の眼をしたかの盗人は、あのまるっきり悪辣というわけではない男たちが、かれのような悪人の持ちものに手をだすのをひどく恥ずかしいことに思ったのだと気がつきました。するとそのよこしまな生涯ではじめて、かれは眼まで真っ赤になってしまいました。

そしてさらに――またさらにそうしたことがつづき、かれはますます不幸になり、ますます疑い深くなり、不きげんになり、陰険になり、愚かしくなりました。いまやかれは夕闇が迫るともう絶対に動きだそうとはしなくなり、馬たちは飼い葉桶の小麦やオート麦や大麦を食べすぎて、厩のなかを動きまわるのもむずかしいほどに太ってしまいました。そこでとうとうかれは馬たちを――栗毛のもクリーム色のも葦毛のも斑《ぶち》のも――一ぴき残らず売り払ってしまい、大小さまざまな馬車も

——青林檎色のも深紅色のも緋色のもカナリヤ色のも栗色のも——同様に処分してしまいました。それからかれは馬丁たちや御者たち、先駆けや松明持ち、執事や酌取り、それに三人の従者などありとあらゆる召使たちに暇をだしました。二、三日のうちにだだっ広い邸宅にはかれ以外誰ひとりとしていなくなってしまいました。まったく誰ひとり残りませんでした。かれはひとりぼっちでした。

　しかしそれでもなおかれには、どっちをむいてなにをすれば気持よく落ちつけるものかさっぱりわかりませんでした。かれの家のまわりの一画も、あたりの通りも、日に日にからっぽになってゆき、家のなかにきこえる物音といっては、綴れ織りをむしばむ蛾《が》やヒマラヤ杉材を齧《かじ》る二十日鼠《はつかねずみ》や酒樽を齧る鼠たちのたてる、絶え間ないのこぎりをひくような音ばかりになりました。かれの胴着はがっくりと落ちた肩のうえで日に日にだぶだぶになり、薔薇《ばら》色の絹の靴下は膝のところでたるんでしわになってきました。飲んだり食べたりするたびに、かれはしゃっくりばかりしていました。いまやかれはほとんどすっかり望みというものを断たれていたのでした。

　ある日のこと、もう午後も遅い時間にかれが玄関のほうへおりる縞大理石の階段に坐りこんでいると、こつこつ戸を叩く音がしました。こつこつ、こつこつ。盗人は金を象嵌《ぞうがん》した銀製の喇叭《らっぱ》銃を左手にかかえて、鎖はかけたままで戸を開き、すきまから外をのぞきました。

「誰じゃ？」とかれはいいました。

すると「哀れな盲におめぐみを」という声がしました。

「おまえの眼を作ったのはわしじゃないぞ」と盗人はつぶやき、喇叭銃をさらにしっかりと握りしめながら外をすかして見ました。

「哀れな盲におめぐみを」とその声はくりかえしました。「飢え死にしそうなんでございます」

ちょうどそのとき家の屋根のうえにかかっていた細い月の光で、盗人はその盲目の男のやせた白い震える瞼とこけた頬とを見ることができました。かれはしばらくのあいだその男を見つめていました。

「そこで待っとれ」とかれはいいました。

そして誰もいない宴会用の大広間にもどると、かれはテーブルのうえから――さきほどかれはそこに坐ってエレミヤ書のさし絵をみていたのでした――盲目の男のために上等の白パンをひとつと水をいっぱい持ってきてやりました。かれは戸のすきまからパンを突きだして乞食の片方の手に握らせ、もう一方の手には水のはいったコップをわたしてやりました。

盲の乞食はコップの水を飲みほすと、中風《ちゅうぶう》にかかった身体を月光のなかで震わせながら、盗人のお慈悲に対しておかえしになにかできることはないだろうかとたずねました。しかし盗人はゆううつそうに頭を振っただけでした。

すると盲の乞食は月光のなかに顔をあげ、そっと鼻をひくひくさせて、低い静かな声で叫びました。「おや、魔法の卵の匂いがしますね」

「なんのことじゃ?」と盗人は鋭く叫びました。

「それがかえるとき」答えがかえってきました。「しあわせを持って参りますよ!」そしてそれだけいうと盲の乞食はぐるりと背をむけ、パンのかたまりを持ったまま手さぐりで盗人の大理石の玄関を離れてゆきました。

その日からというもの当然ながらその魔法の卵をみつけることは、この盗人のたったひとつの考え、希望、欲望、そして目的となりました。かれはその邸宅のなかを、屋根裏から地下室まで、いや屋根から下水溝までくまなく捜しました。こんなに無秩序にごたごたとひっかきまわした光景はほかではみられませんでした。床のうえには千にものぼる抽き出しのなか身がばらまかれました。お金や宝石の袋は上から下までひき裂かれ、そのなか身はうず高い山になって高い窓から射しこむ太陽の光にきらきらと輝きました。かれはまたつめ物をした長椅子を切り裂き、椅子の脚をのこぎりでひき、ソファーのはらわたをひっぱりだしました。

そうしたかれを助け、食事をさせ、げんきづけ、そしてみまもった者はというと、野性のスモモのように黒い眼をしてまっ黒な髪をもじゃもじゃにした、取るに足りない皿洗いの女中ひとりきりでした。なぜでしょう? それはただ単に彼女がどうしてもでてゆこうとしなかったからでした。もうすでに六回も盗人は彼女を裏口から追いだし、しゃべって歩いたりされないようにと、そのた

びに一週間分の給料をやってから閂《かんぬき》をかけたのでした。それだのに彼女はこれでもう七回、主人にはどこにあるのかさっぱりわからない裂け目か割れ目を通って、邸宅のなかへはいこむのに成功していたのでした。

そのころまでに盗人は蛾や二十日鼠や鼠があちこちをむしばむ音だけが中空を漂《ただよ》う埃にやわらげられてきこえてくるのにすっかり慣れてしまっていましたので、夜邸宅のなかでするどんなかすかな音もききわけることができました。そんなわけでかれが七回目に蠟燭を持って階下へおりていってみると、やっぱりなんのことはないあの頑固な小娘があいも変わらぬ古い帽子箱とこわれた雨傘ともども、流し場の踏み段のうえに腰をおろしていたのでした。

「こら！　このやくざ女め！　でてゆけというておるのに、どうしてもどってばっかりくるんじゃ？」かれは戸口のところにたって、怒り狂って叫びました。「とんでもないやつじゃ！　きいておるのか？　法律違反じゃ、つかまえて警——警——警——」

しかしなぜかその言葉は舌のうえで根をはやしてしまったようでした。

スーザンはその黒い眼をまっ黒なもじゃもじゃの髪のしたでインクと黒檀の池のように輝かせて、流し場の踏み段のうえからかれのほうをみあげました。「おお、旦那さま！」と彼女はいいました。「もしあたしがいってしまったら、旦那さまは飢えて死んでしまいますよ。ひとがそんなふうに見捨てられるのを黙ってみてるなんて、あたしにはどうしてもできませんのもの」

戸口のところにたって寒さに震えていた盗人はこの言葉をきいて、自分の骨が身体のなかですっかりがたがたになっているのがわかるような気がしました。「それがおまえになんの関係がある？」とかれはいいました。「見捨てられるんなら、見捨てられるまでじゃわい。どうしておまえが心配せにゃならんというんじゃ？」

「おお、旦那さま」と彼女はいいました。「旦那さまはあたしにはほかの召使みんなにそうだったほど不親切なかたではありませんでしたもの。わたしここにいたいんですし、またそうしなきゃいけないんです。もしかすると旦那さまが気持よく棺桶におはいりになるお世話をするだけしかできないかもしれませんけど」

「わしが棺桶にだと」と盗人はうつろな顔をして彼女をみつめながら叫びました。「棺桶だと！」

「おお、旦那さま！」と彼女はいいました。「誰だってみんなそうなるのですわ、いつかは」

盗人はなにやらもぐもぐぶつぶついっていましたが（というのは誰に対してもほかの人間に対するよりも不親切でなかったおぼえなどなかったからですが）、とにかく、もううんざりして不幸でいらいらして頭がぼんやりしてしまっていましたので、彼女には勝手にいさせることにしました。「わしの目のとどくところをうろちょろするなよ！」とかれはいいました。「くしゃみの音がきこえたり、蠟燭の芯の匂いがしたりするところにいてもだめじゃ。貯蔵室に残りものやなんかがあるし、水は水だめにはいっておるからな」そしてもう一度かれは魔法の卵捜しにとりかかりました。

さてある春の朝早く、盗人はたまたま忘れてしまっていた物置部屋にはいり、古い樫《かし》材でできた十五世紀のカーナヴォンシャーふう衣裳簞笥《だんす》のうえをみようとして、金色の椅子をふたつ重ねたうえへよじのぼりました。その衣裳簞笥は優雅で美しいわけでもなければ値打があるというわけでもなく、じっさいこのよこしまな盗人が長いめまぐるしい生涯のうちに手にいれては投げ散らしておいたすばらしい品々のあいだにたっていると、ぶざまで奇妙で醜いものにさえみえていました。しかしほかの品々とはちがって、これは潔白な衣裳簞笥でした。それはまだかれが若くてのんきだったころ、ウェールズのある未亡人が遺言《ゆいごん》のなかでその最後の希望としてかれにそれをのこしたのであったからです。ある晴れた朝のこと——ちょうど今朝《けさ》とおなじような朝でしたが——盗人は東ホングリンガムのある有名な僧院、かつて僧たちがタタール大王のものだった銀のお皿で食事をしていたといわれる僧院をめざして歩いていました。

そしてその明るい三月の空のしたで村の街道の角をまがったかれは、眼の前の果樹園の塀《へい》のむこうのスグリとグスベリーの茂みのうえに、きれいに洗った白い亜麻布が物干し綱のうえでみごとな列を作っているのをみたのでした。太陽はいっぱいに咲いた桜やスモモの樹々のうえできらきらと光っていました。しかし洗濯物の列はそれよりももっと白くて、きれいで魅力的だったのでした。その光景に感心したかれは——急ぐ危険な旅のさいちゅうであったにもかかわらず——足をとめ、大声で心からこう叫びました。「いやはやまったく！　これこそまさに**せんたく**というものだわい」

さてこのとき未亡人は偶然にも——袖を肘のところまでたくしあげ、桃色の更紗《さらさ》の帽子をかぶって——ちょうど塀の反対側にたっていて、この言葉を耳にしたのでした。彼女はそれを飲みほしました。自分の洗濯がみ知らぬ人にこんなにも誉めたたえられたということは、彼女の心に燃えるような喜びをもたらし、そののち彼女はけっしてかれを忘れなかったのです。そしてやがて死の床についたとき、彼女はあらためてかれのことを思い出しました。そんなわけで盗人はこの古い醜い十五世紀のカーナヴォンシャーふう衣裳簞笥を手にいれたのでした。

しかしその朝、もはや絶望的なものになっていた魔法の卵捜しのために椅子に椅子を重ねたうえへ重い身体をひっぱりあげていたかれの心からは、この未亡人のことなどはすっかり消えうせてしまっていました。やがてそのやぶ睨みの眼はぎざぎざの蛇腹《じゃばら》を越えて、上にすくなくとも八分の一インチは埃がたまった小さな四角い木の箱のうえにむさぼるように据えられました。なぜならかすかな光で見たその箱の片側には、「**たまご**」という三つの文字が走り書きしてあったのです。

喜びのうめき声をあげながらかれが片手をのばして箱をつかんだとき、その身体のしたでうえに重ねた椅子がすべりました。かれはぐらついて周章狼狽《しゅうしょうろうばい》、なすすべなくまっさかさまに床《ゆか》にころげ落ちました。かれはうめいてはうなり、またうなってはうめきました。かれの脚が三カ所ほど折れたことには疑いがなく、スーザンはかれをベッドに運ぶのにたいへんな苦労をしました。しかし彼女はやっとのことで、古い絹のハンカチを三枚使って折れた脚を箒《ほうき》の柄《え》に縛りつけるのに成功しました。

それからまもなく盗人は木の箱を枕のしたにおいて、大きな四本柱のベッドのなかでぐっすりと眠りこんでしまいました。かれはそのまま四十八時間——まる二日とまる二晩——ぐっすり眠ったままでいました。四十九時間めの最初のチクタクという音でかれは目をさまし、ベッドの横にあった蠟燭に灯をともすと、あおむけに横たわったまま片手を枕のしたにいれ、震える指で箱をひっぱりだしました。するとその箱のなかには、古新聞と綿にくるまって、正真正銘《しょうしんしょうめい》の卵がひとつはいっていたのでした。

その卵は丸くて小さく、駒鳥の卵のような色をしていました。脚を折った盗人が親指と人差し指でそれを持ちあげると、そのなかからはかすかに、ごくごくかすかに叩くような音がきこえてきました。こつこつ、こつこつ！　そしてつぎの瞬間——盗人の白鳥の綿毛の枕の温《ぬく》みでまどろんでいるうちに暖められて——薄い殻は指のあいだで割れ、そのなかからはすっかり羽毛のはえそろったちっちゃなちっちゃな小鳥がとびだしてきました。その鳥の羽根は金色で眼はエメラルド色、そして爪は珊瑚《さんご》色をしていました。小鳥はベッドの手すりのうえにとまったかと思うと、針よりも細くクローバーの種よりも小さなたどたどしい声でチイチイとさえずりながら、盗人のほうをみつめました。

ちょうどそのとき、大きなマホガニーの扉のところからかすかなかすかな音がきこえてきました。

それはこの四十八時間のあいだにもうこれで九十七回目に、スーザンが戸口までやってきて御主人のようすをのぞきこんでいる音でした。ところが、こんどはもじゃもじゃの黒い髪のしたからのぞいている彼女の眼は、この小鳥のうえにとまってしまったのでした。

「まあ！」と彼女は声をあげました。

そこに影のように縮こまって横たわったまま、スーザンがぽかんと口を開《あ》けているのを見ていた盗人は、これまでにこんなに愛らしい光景はみたことがないと思いました。しかもそればかりではなく、小鳥にむかってほほえみかけている彼女の黒い眼や、若わかしくてなめらかな煤《すす》だらけの頬にうかんでいる歓びは、どんな盗人にも——あのアリ・ババの兄弟分自身にさえ——盗みとることのできないたぐいのものでした。かれはもうそのおなじ質問が高貴な女性たちになん回くらいきっぱりとはねつけられたかなどということはすっかり忘れはてて、「スーザン、わしと結婚してくれんか？」といいましたが、そのときかれの心は折れた脚をさらに三つずつに割ったくらいに粉ごなに砕けたように思われたのでした。

すると彼女はいいました。「おお旦那さま！　それはきゅうなお話ですわ。あたしこのお家のなかのものはなにひとつ、まるっきり、ぜんぜん好きじゃないんです。大きらいといってもいいですわ。なかでもあのうえの屋根裏にあるビーズや金物のはいった袋が嫌《いや》なんです。それに地下室のいろんなもののあいだでは、鼠たちが後脚でたってはねまわっていますしね。そのうえ掃除しなきゃいけない絨毯《じゅうたん》に、洗わなきゃいけない大理石に、カーテンをおろしとかなきゃいけない窓があんなにたくさん。でも旦那さまがほんとうにあたしを愛して下さってるのでしたら、あたし結婚してもいいですわ。そうしたらお願いですから結婚の贈り物にそのベッドの手すりにいる小鳥をあたしに下さいません?」

ところでこの邸宅にほど近い大きな一郭には、たいそう年をとった牧師補がひとり住んでいました――かれはそこのただひとりの住人でした、というのはその地所にはもうぜんぜん値打がなくて、地代といっても二束三文だったからです。なぜかというに、だいたい多少ともまっとうな人間なら、盗人の隣りに住みたいなどと思うでしょうか? しかしその牧師補はほかの考えを持っていたとみえて、このなん年ものあいだ、スモーク氏が執事をしていたあいだはけっしてなかにいれてもらえなかったにもかかわらず、毎月第一月曜日に規則正しく盗人の邸宅への訪問をつづけていました。ところがスーザンはかれをとてもよく、もうじゅうぶんに知っていました。そんなわけでその五月《メイ・》祭《デイ》の朝にかれが白衣と襟垂《えりだれ》を腕にかけてやってきたとき、二人はすぐその場でかれに結婚させてもらったのでした。

盗人はやがて家のなかのものをみんな、ガラスのビーズや金物もふくめてすっかりあとにのこして、折れた脚がもとで死んでしまいました。そしてかれが幸福で善良な人間になっていたなどといいきることはできないにしても――どんな人間でもそんなふうでいられるのは一瞬かそこいらにすぎないのです――その死の床《とこ》にあってかれの小さな緑色の眼がいつもよりもはるかにやぶ睨みではなく、また以前とくらべるとヘンリー八世王（かれは好きなだけたくさんの公爵夫人と結婚するために、つぎつぎと彼女たちの首を切ったものですが）と似たところもずっとすくなかったということはいっておかねばなりません。なぜそうであったかというと、たぶんそれはその最期《さいご》のときベッドの左側の窓ぎわのタオル掛けのうえでは小さな金色の鳥がキリギリスのように歌を歌い、右側ではスーザンがかれにさようならをするのが悲しくてならないといいながらその罪に汚れた手を握りしめていたからだったのでしょう。

さて盗人が最後の息をひきとるとまもなく、魔法の卵のちっぽけな住人は、疲れと悲しみでぐっすり眠りこんでしまったスーザンの知らないうちに、ベッドのうえをわたって飛んできて、すぐさま彼女の髪のなかに小さな巣のようなものを作りはじめました。心の優しい彼女はそのために朝晩髪をとかすということがまるっきりできなくなってしまいましたが、親切な牧師補はそれでも彼女のために、サフォークのシレイトン村にほど近いきれいな別荘に住んでいる未婚の老婦人のところに「職」をみつけてくれました。この老婦人は女中が異様なもじゃもじゃのかたまりになった髪のおかげでズールー族のようにみえても（そのことをべつにするとスーザンが気だてもよく、楽しげで働き者だということはすぐわかりましたので）気にかけませんでした。そしてやがてこの老婦人が亡くなるとき、彼女にはお金をのこしてやるような甥《おい》も姪《めい》もいませんでしたので、全財産はスーザンに贈られました。

　そうしてスーザンもやっぱり貴婦人になったのでした。彼女はその別荘でしばらくのあいだひっそりと暮らしていましたが、そのうち、近くに住んでいたアンジューとアンジュレットの女公爵の侍従長から金縁の証明書がとどいて、毎週火曜日と木曜日と土曜日に大庭園を散歩してもいいことになりました。そして彼女がこざっぱりした黒い喪服で薄緑色の橅《ぶな》の樹のしたに姿をみせるたびに、三番目の下働き庭師の子供たちが「わあ、箒みてえだなあ！」ときこえるようにささやきあったにもかかわらず、なぜかスーザンはかわせみのようにしあわせだったのでした。

　そして毎年霧深い十一月五日がくると彼女は一等の切符を買って大東部鉄道に乗り、ロンドンに近いある大きな墓地のその南東の隅へとむかいました。そこには一本の枝垂柳《しだれやなぎ》のしたに小さな丸い石がたっていました。スーザンはその石のそばに造花の忘れな草の花束（本物はまだ咲いていませんでしたので）をおくと、黒い縁のついたハンカチを手にして、きまって眼に涙をためながら、もう一度読みにくいその墓碑銘をこうたどってみるのでした。

「哀れなるわが夫ここに眠る。R・I・P・《冥福のあらんことを》」

ピクニック

カーティス嬢《さん》はただひとりまだ鎧戸を降ろしていない店のドアのところにたって、小さなしっかりした手の親指と人差し指で、黒い胴着のふたつの黒いボタンのあいだに差しこんだ鉛筆をぼんやりとひねっていましたが、その顔にはなにやらうつろで哀《かな》しげな表情がうかんでいました。彼女がそうしてドアのガラスごしに通りをながめているあいだに、メイヴォー嬢《さん》のほうは、店のむこうの端でほかの鎧戸をせっせとひき降ろしていました——さっと襲いかかって、しゅっと降ろし、つぎへ移る——メイヴォー嬢《さん》にかかるとなにもかもがそんなふうにかたづいてゆくのです。

それはまだ暑い九月の最初の週のことでした。おもての通りでは家路をいそぐ人々の流れも、もうとっくにまばらになりはじめていました。すっかりたそがれたロンドンの空は、そのほのかな色合いでむかい側の家々のガラス窓を薄く染めていました——ちょうど二階のうえのはしのところまでだなと、カーティス嬢《さん》はみてとりました。そこからしたはもう暗くなってきていたのです。なにもかもが静かで、穏やかでした。忙しくせっせと働かなければならない一日がまた終ったのでした。

黒い髪と蒼白い肌が奇妙な対照をなしている彼女の有能そうで四角ばった断固とした顔は、夢想のなかへとさまよいはじめているようにみえました。もうすこししたら彼女自身、そのこぎれいなハンドバッグと立派な傘とをかかえて、下宿へと帰ってゆくことになるのです。明りをみんな消し、ドアを開《あ》けてそれから締め、南京錠をおろして一度ぐっとひっぱり、「怪しげな人影」がみえないかどうか左右をみてから、いつも彼女は家路につきます。その途中で誰に会ったとしても、みんな彼女がちゃんと自分のめんどうをみてゆける――そういうことに関するかぎり誰のでもなんでもめんどうをみられる――女性だとすぐに納得するはずです。

カーティス嬢《さん》はそれを自慢にしてなどいませんでしたが、自分が頼みになる人間だということはよく承知していました。だからこそ彼女はこの世のなかでうまくやってきたのですし、今なおうまくやりつつあったのです。じっさい有能な頭がその鼻のさすほうへゆっくりと着実に進んでいったときどんなに快適な港に到着するかということは、まったく予想もつかないほどです。その点カーティス嬢《さん》の鼻は、まっすぐ立派に前をむいていました。もしも彼女の頭と胸とを木に彫って青や赤の染料でうまく染めたら、なかなか侮《あなど》りがたい胸像ができることにはまちがいありませんでした。彼女はいまや「商会」の女支配人であり、その範囲内では自分自身の主人でもあって、たいていのことは思いどおりにできたにもかかわらず、やっぱり朝はいつも最初にきていましたし、この晩もいつもおなじように最後に帰るつもりにしていました。彼女はまさに仕事のために生きていたのであり、その結果ここまでになったのです。

かわいいけれどもばかな小娘のフィリスは、すくなくとももう一時間前に店をでてしまっていました。カーティス嬢《さん》が彼女のことを思い出したのは、ちょうどもう遅いおもての通りを、ほっそりとした若い娘が特別な待ち合わせでもあるらしくシャンペン色の靴下をはいて踊るように歩いてゆくのをみたからでした。フィリスは――この前にそういってからまだいくらもたっていないというのに――早く帰りたいと彼女にいってきたのでした。しかし相手が蝶かなにかであったとしたって、それが恋に落ちているというときにだめだというのはむずかしいことです。カーティス嬢《さん》は常に取り締りは厳しくすることにしていましたが、厳しすぎるようにするつもりはありませんでした。体裁《ていさい》はきちんとととのえなければなりませんし、規則は守らねばなりません――そうしないと訓練はむだになってしまいます。けれども彼女は自分自身に対するとき以外、鉄の鞭を使ったりする気はなかったのでした。

一日が終り、誰も自分をみている者がなくなった今、ほんのすこしのあいだとはいえ彼女は体裁を気にするのをやめてしまっていました。通りをながめつづけているその表情からは、有能さや能率の良さの感じがしだいに薄らいできていました。その顔は優しくなり、まじめくさっているとでもいったふうでした。彼女自身はまるで気がついていませんでしたが、そうするとその顔は家の炉棚のうえのフラシ天の額縁におさめられた、丸い帽子をかぶった太った小娘の写真によく似てみえました。それほど深く彼女は物思いに沈んでしまっており、眼の前の悲しげに彩られた光景がいつまでもつづけばいいとさえ思っていたのでした。

しかしそうはいきませんでした。人生とは本来そんなものではなくて、ときにはちょっと脇へよけてたちどまってあたりをみわたさなければならないこともありますが、それも自分の役割をはたしつづけるためにほかなりません。そのような場合をのぞけば、人生になど、注意をはらうことがすくなければすくないほどいいのです。そんなものに自分の――何というか、その、職業《キャリア》の邪魔をさせたりしていてはどうしようもありません。にもかかわらず人には心をふっと溶かしてしまうときがあるものです――それはばかなことをしてしまうときであり、危険な瞬間でさえあります。しかしそのような瞬間の記憶には害はありません。それは役にたつものでもあるのです。ほんとうにばかな人たちのことを理解するのを、それは助けてくれます――そしてカーティス嬢《さん》の毎日には、あたりに誰もばかな人がいないというようなことはほとんどなかったのでした。そうした記憶はまた、しっかりした手にゆうづうをきかせるのにも役にたちます。じっさいカーティス嬢《さん》の過去にもいくつかの小さなできごとがあって――ほんのふたつ三つでしたが――それらはときとすると、内気な異国の動物がうるさいしきたりだらけの公園にはいってくるみたいにして――まるでわざと彼女を楽しませようとするかのように――彼女の心のなかに侵入してきたのでした。

それらのできごとのなかでも一番こっけいで、おかしくてばかげていて、そのくせなぜかあまり気に病まずにたやすく思い出すことのできたのは――おそらく単にあまりにもばかげていて無意味だったからなのでしょうけれど――たぶん、五年ほど前に海べですごした短い休暇のときのできごとでした。ある種の思い出は幽霊に似ていますが、これもそういったもののひとつでした。とにかくカーティス嬢《さん》には、いつになったらそれがもう現われなくなるものか、まるで見当もつかなかったのです。そして彼女にはそれがこんなふうな日のまさにこの時間にかぎって自分のそばにやってくるということが、ほとんど確信できるほどだったのでした。

そしてそれを立証するかのように、みるともうそこにいつものあの盲が、黒眼鏡《めがね》をかけ、ブリキの鑵《かん》と杖を持ち、犬をつれて、暗くなってきたおもての舗道をコツコツと探りながらやってきていました。かれはきっかけを作るこの役をけっして忘れませんでした。それはべつに驚くほどのことではありませんでした。ときおり誰もみていないときにカーティス嬢《さん》は一ペニーをとりだして、音のしないようにかれの鑵のなかにすべりこませることがありましたし、そうするとかれはこの予期せぬ施し主を一目みようという望みをまだ捨てていないかのように、髭を剃っていない顎をつきだして恐ろしいカンテラのような眼鏡を彼女のほうにむけたものだったのです。一度などある夏の夕方でしたが、彼女はその鑵のなかにまぎれもない一シリングを落としこんだこともありました。それは感傷のせいではありませんでした。彼女はかれがそんなに哀れでなどないことを知っていました。それでもすぐにまた厳しくなれるのであれば、心をゆるめるのも悪くはありません。けれども今夜は——そう、メイヴォー嬢《さん》がすぐそばにいました。「あの片眼のぺてん師の爺さんが犬をつれて歩いてるわよ」と彼女はいいながら、最後に残った鎧戸をひきおろしました。「あの爺さんが銀行に小金をためてるってことは、賭けたっていいくらいだわ」

カーティス嬢《さん》はかれが姿を消してゆくのをぼんやりとながめました。彼女は返事をしませんでした。メイヴォー嬢《さん》はなににについてもああいういいかたをするのです。盲の乞食が銀行にお金をためているというのなら、カーティス嬢《さん》も同様にためていましたし、五年前になら今よりももっとたくさんありました。じっさいあの特別な夏、彼女は職を失くしていたにもかかわらず、すぐにつぎの仕事を捜そうとはせずに二、三週間そのままでいて休暇をとり、貯えの一部を気前よくつかってしまったのでした。あのときはまた、ほんとうに快適な部屋を借りていたものでした。もっともそのころはもちろんカーティス嬢《さん》には、年齢からいっても、職が欲しいと思えばかならずみつかるという自信があったのです。彼女が幸運そのものだったというわけではありません。彼女は有能だったのです。しかしああ、彼女はなんとばかだったのでしょう。なんとまぬけだったのでしょう！——光が消えてみると残るものは自分自身にとってさえなにひとつなく、まったくひとりぼっちだったのですから！

自分がとても有能でだまされたりはしそうにもなく、完全に信頼に応《こた》えられる人間であっただけ

に、その自分があああまでとほうもなくばかだった――大まぬけだった――ということを思うと彼女は慰められるような感じにさえなりました。それでもああした思い出には沈黙が一番ふさわしいのです。ものには限度というものがあります。クロッカスは北極で花を咲かせようなどとは考えないものですが、カーティス嬢《さん》にしてもこの古い幽霊をたとえばメイヴォー嬢《さん》とわけあおうなどとは思いもしませんでした。それにおかしないいかたですが――それは冷静に眺めると――じゅうぶんにひどいこととはいえなかったのです。ほんとうに悲劇的なことになら人は立ち向うことができます――そして押しとおしてゆくこともできるのです。すくなくともカーティス嬢《さん》はそう考えていました。

　そのできごとはニューハンプトンで――あの静かですてきな選ばれた小さな場所で――おこったのでした。しかもそれはあの恐ろしい八月のさなか――ニューハンプトンの「シーズン」――ではなくて、五月の終り、つまり暇な金持ちだけが避暑地暮しを楽しんでいるようなころのことでした。彼女はそれをまるで昨夜小説で読んだことででもあるかのようにくっきりと思い出しました。じじつ、彼女は自分があの午後ひとりっきりの最後のピクニック――ついにうまくゆかずに終ったピクニック――にでかける一、二週間前にどんな小説を読んでいたかということにいたるまで、忘れてはいなかったのでした。ああ、そうです、なんとおもしろかったことでしょう！――こわれた魔法《まほう》瓶《びん》をかかえて、木苺《きいちご》のジャムのサンドイッチと葡萄《ぶどう》パンを持って。そしてあのちょっとしたまずいできごとがあったあと、彼女はひとり砂丘のふもとに坐り、海をみつめたり眼をしっかりと閉じてみたりしながら、そう、まる三時間もすごしました。そしてそれからやっとのことで、サンドイッチも葡萄パンも食べないまま、ずっと遠まわりをして部屋に帰ったのでした。

　その午後の最初の数時間を彼女は蔭になった二階の寝室と陽のあたるバルコニーにまたがるようにおいたデッキ・チェアーに横になり――もうでかける身じたくはすっかりすませて――いささかうす汚い小説本を手にしてすごしました。身体をすこしばかり前におこして煉瓦《れんが》積みのバルコニーの左手の角ごしにむこうをみれば、一心不乱に赤ん坊の眼の色をまねようとしているらしい英仏海峡のおだやかな海がみえました。あたりには潮と海草と腐りかけた魚の臭いがし、彼女の心のなかでは海べというところにありがちな奇妙な期待の念が、シューシューと泡をたてていました。

「用心用心！」ぼんやりとボートを漕いでいる人の姿が船の帆のようにみえるたびにさえ、心のなかでなにかが小さく楽しげにジャンプをするような気がするのは、いったいどうしてなのでしょう。彼女はその日の昼食のテーブルのようす――乾いたコールド・タン、とろ火で煮たすぐりとクリーム――さえも正確に思い出すことができました――もっともそのときはいくらも食べなかったのですけれども。食事が終ってそれが片付けられたあと、彼女は頭のしたにクッションをふたつ重ね、脚を斜めにひきよせて、ブラウスや仕立おろしのスカートが皺にならないようにじゅうぶんに気をくばりながら、ぐったりと――そうです、ぐったりと――横になり、あのけっこうな小説に読みふけったのでした。それは単に時間をつぶすためでしかありませんでした。一度にふたつのことを考えないようにするために！　ほんとにまったくばかげたことです。それにしてもあれはなんとくだらないお話だったことでしょう。フィリスでさえあんな「でたらめ」に出会えば、つんと鼻をそらすにちがいありません。

それに実のところカーティス嬢《さん》はそれを読みはしませんでしたし、これからもそうするつもりはありませんでした。彼女はその本をあの狭苦しい小さな貸し本屋にかえすことさえ忘れてしまったのでしたが、その店は到着した翌日にみつけたときにはニューイントンにいっそうの魅力をそえるもののように思われたものでした。とりわけ奇妙なのは、どうしてあんなにくだらない誇張だらけの現実味のないお話が（彼女自身のちょっとした事件——そう、事件！——が終ってからは）こんなにはっきりと——まるで自分自身の自叙伝から抜きだしてきたかのように——嫌な思い出になったりしたのだろうかということでした。

燃ゆる心、それが題名でした。そして著者が主人公として選んだのは、燃えあがりやすい性である女性に対してあらゆる勝利をおさめるようにと念いりにこしらえあげられたような男でした。おそらく、たいして独創的なものなどなにもありはしませんでした。いつもゴルフ用の半ズボンか夜会服を美しく身にまとったその男は、青い眼のつきさすような一瞥《べつ》や一度だけの優しさや氷のような冷静さでどこへいっても女たちの心を破り、しかもそのできごとの残骸をみやるために足をとめることさえけっしてしないのでした。そのくせカーティス嬢《さん》にわかったかぎりでは、かれはどんな状況のもとにどんな心を相手にしても——青いのであれ、熟したのであれ、腐ったのであれ——すこしも楽しんではいませんでした。そうしたことは習慣にすぎなかったのです。かれはまさにドン・ジュアンでした。そしてその一方ではしくじりをやった——それも物語のはじまる前に——ドン・ジュアンでもあったのです。なぜなら責任を背負いこむことなしにヘンリー八世の役割を演じようとしたかれの努力（すでにそのあたりで明白になっていましたが）にもかかわらず、あるイタリアの伯爵夫人が、どういうぐあいにしてかかれと結婚するのに成功していたからです。彼女は麻薬に溺れてだめになった哀れなヒステリー女で、第二十三章にたどりついたころにはもうとっくに男に対する信頼も忠実さもすっかり失ってしまっていました。それでもやはり彼女はいつかかれが新しいページをめくるようになることを望みつづけていました（もっとも作者がどういおうと、カーティス嬢《さん》には伯爵夫人がほんとうに望みを持っていたとは思えませんでしたが）その新しいページは、単に恋人を新しい貴婦人にとりかえるということとはちがったものになるはずでした。しかしそんな男におよそめくるべきページがあるとでもいうのでしょうか？

　その夜につつまれた小さなかよわい伯爵夫人はまた抜け目のない女でもありました。彼女は魚が釣れてしまっても——あるいはむしろ魚に釣られてしまってもというべきかもしれませんが——釣り人であることをやめずにいたのです。ところが第二十四章になると彼女は、小説にでてくる貴婦人たち、とりわけ称号を持った貴婦人たちがしばしばやるということにカーティス嬢《さん》が気がついていたことをやりはじめました——つまり彼女は自分の魅力で夫を自分のもとにつれもどそうと決意したのです。これはおかしなことでもありました。作者は伯爵夫人の数々の魅力について言葉を惜しみませんでしたが、それらの魅力のぜんぶがぜんぶすばらしいわけではないという無軌道な夫の考えには、カーティス嬢《さん》といえども賛成しないではいられなかったのです。とにかくカーティス嬢《さん》の間接的な経験にてらしてみても、それらには蜜月の期間をもちこたえるほどの力さえないように思われました。たぶんそれは彼女がひどく外国ふうであったからなのでしょう。どちらにしてもカーティス嬢《さん》には自分とおなじ女性という種類に属する人間が、たとえイタリアの伯爵夫人であっても、こうまで、その、なんというか恥知らずになれるものだとはとても思えませんでした。しかもこれではあまりに愚かしいやりかたです。彼女にはまるで慎みというものがありませんでした。夫が無頓着でいるのがわかっているときにさえ、彼女はかれに、自分がまたひとりになることがあるということを思うと誰にもいえそうにないようなことを平気でいうのです。もっと「優しく」なって——という言葉が使われていました——彼女のところへもどり、そのあらゆる自己犠牲を思い出してくれるようにと、彼女はかれに嘆願し、懇願しました。その足もとにひれ伏して、熱っぽく光る眼から蒼ざめたオリーブ色の頬へと涙を流しながら、彼女は「おお」と叫ぶのでした。「おお、あなたを愛していますわ！　愛しているのですわ！」かと思うとそのおなじ息のしたから、そのおなじ眼をぱちんとやって「おお、あなたを憎んでいますわ！　憎んでいるのですわ！」といいだしたりもします。このようないいかたはもちろん、自分の生命の蠟燭《ろうそく》のまんなかを握って、どんなドン・ジュアンでもいいからそれを両方から燃やしてくれと頼んでいるようなものです。

　そこのところから第二十五章がはじまっていました。夫の愛情をとりもどそうと絶望的な努力をくりかえす伯爵夫人は、パリから支払可能なかぎりで最も魅惑的な象牙色の絹の新しい衣裳と、それにあう宝石とをとりよせました——彼女はここにいたってもまだ結婚前の財産の残りになんとかしがみついていたのです。カーティス嬢《さん》はそこに印刷されているかぎりではそのスタイルにあまり感心できませんでした。たぶんそれはこの本が男性によって書かれたものだったからだと思われました。しかしそれにしても、この作者が、奥さんか姉さんかお母さんか女友だちかの意見をきいてみなかったとは、なんとばかなのでしょう。どちらにしてもとにかく伯爵夫人はそれを註文し、やがてとどいたそれはまだ送ってきたときの包みのまま、女中がおいた場所——彼女自身の小さな寝室の小さなベッドのうえ——にそのままになっていました。そしてかんじんの夜はまだきていませんでした。しかしああ、その夜がきたときには、彼女の夫は道徳的ないいかたをするなら一線を越えてしまっていたのでした——もっとも伯爵夫人がそのことをどう考えたかはカーティス嬢《さん》にはついにわからずじまいでした。カーティス嬢《さん》はここまでたどりつきましたが、その先へはゆかなかったのです。卑劣な男はその一番最近の貴婦人——その女にその言葉がふさわしいとはほとんど考えられませんでしたが――に自分の善意を理解させることがどうしてもできなくて、そこにあったその衣裳箱を中身ごとすっかり彼女にやってしまったのです――その最近の貴婦人にそれがあうかどうかも調べてみずにです。それから――そう、そこでおしまいでした。

つまりここまできたときカーティス嬢《さん》は本を膝のうえに落として開いたページを手でおおい――もしでかける気があるのならすぐにでかけなければならないことがわかったのです――身ぶるいをしながら安心と期待と恐れと単なる身体の疲れがみんないっしょになった長いため息をひとつついて、通りのむこうがわの家々をぼんやりとながめたのでした。つづきは夜、ベッドのなかで読むつもりでした。

しかしその夜ベッドのなかで彼女はなにひとつ読みませんでした。そして闇のなかに横たわって眼をみひらいたまま（もっとも翌朝になって思ったほど長い時間そうしていたわけでもありませんが）ときおりひそかな笑い声をあげていたのでした。そのとき以来、彼女はそんなふうにして笑ったことは一度もありませんでしたし、もしできるものなら今後も笑うことはなさそうでした。

なぜならカーティス嬢《さん》はニューハンプトンでその一週間たらずのあいだに恋に落ちていたのでした。恋に落ちたその相手は、散歩道のむこうのはずれにある窓のところに坐っていたみ知らぬ人でした。もっとも彼女は自分自身に対してさえ、取りかえしのつかないなまな言葉でそれを告白したりはしませんでした。今よりすくなくとも五年は若かったそのころにさえ口にはださなかったのです。五年！――それは五十年よりもっと長く思えるほどです。しかし人はあることを悟って、しかもけっしてそれを言葉にしないでいることもできます。それにもし彼女が恋に落ちたりしていなかったのなら、どうして家路を急ぐ蒼ざめた盲人の影を通りにみただけですこしばかり気分が悪くなったりするのでしょうか？　そしてそんなふうにちょっと気分を悪くすることがある意味では楽しみでもあるというのでなかったら、どうしておりあるごとにガラス戸のところにたって暮れてゆく通りをみつめたりするのでしょうか？

　もっとも今ではそんなことももうどうでもよくなっていました。ずいぶん以前に彼女は平衡をとりもどしていましたし、あのまるでばかげた小説を最終的にほうりだしてしまったあとにおこったことをひとつひとつ思い出しても、痛みを感じることはなくなっていました。あんなふうな物語はもちろん「センセーショナル」だといわれます。それなら人生はなんだというのでしょう？　いったいどうしてサンドイッチと葡萄パンの包みを作ったことや、魔法瓶をお茶でいっぱいにしながら宿のおかみさんとちょっとおしゃべりしたこと、おかみさんの居間の暖炉のうえの写真や聖句のあいだにおかれていた彩色した鏡を最後にちらっとのぞきこんでみたこと、手袋を手にしたというだけのこと、そして仕立ておろしのスカートをひとはたきしてからむきをかえ、あごをすこし持ちあげ、ブラウスに包んだ肩をちょっとそびやかしたというようなこと、そうしたことにもう一度たちむかうたびに、生きてゆくための不老長寿の霊薬にほかならないものをそこに感じたりするのでしょう――そしてつまるところそれが証拠だてているのは、小説の作者がやっていることは表面だけのごまかしにすぎなくて、本質的なものはそこからどうしてもすりぬけてしまうということなのではないでしょうか！　そのことに気がつくためには、べつに血管のなかに南国の血を持った土色の肌の小さな伯爵夫人になる必要はないのです！

　カーティス嬢《さん》はもう一度階段のあがり口のところでおかみさんに会いましたが、そのときその年老いて衰えた眼が自分を「むかえいれて」くれるのをみて、心のなかに遠くかすかな夜明けの光が射してくるのを覚えたものでした。たぶん今ではあの眼も衰えを通り越してしまったことでしょう――あの老婦人にはその後一度手紙を書いただけで、それっきり会っていませんでした。それでもきっとあの家はそのままあそこにあって、太陽に照らされ、海の風に吹かれ、居間の窓のところには誰かほかの人が銀色の字で書いた貸し間という札をぶらさげているにちがいありません。ものごとは人がそれについてどう考えるかにはおかまいもなく先へ進んでゆくものなのです。おかみさんがそのときしゃべったこと――ほんのふたこと、みことでしたが――をも彼女は思い出すことができました。彼女はあの賢者ソロモンがべつの言葉でいったように、若いうちに楽しむことですねといい、さらにこうつけくわえたのでした。「なんていうんですかね、そうした方面のたくわえを作るためでなかったら、海岸なんてなんの役にたつのかってことですよ」

　もっともエヴァン夫人《さん》にとっては海岸もそうした方面の役目はほとんどはたしておらず、カーテ

ィス嬢《さん》がそこに到着したその晩のうちに二、三回にわたってきいたところでは、ニューハンプトンにおける長い結婚生活とやもめ暮しのあいだにも、彼女は防波堤の突端へはたった一度しかいったことがないということでした。そしてその時にも「思ったほどのものはなにも」みられなかったとのことです。しかしもちろん忠告者がいいからといって忠告もいいものだと判断するわけにはゆきません。カーティス嬢《さん》は頭を一方にかしげて老婦人にほほえみかけましたが、そのようすは、できるだけすてきな人物になるためには、機会があるたびにそうするのがいいと思っているかのようでした。

それから卵のこと——彼女の夕食にでてくるはずの新鮮な上等の卵のこと——が話にでました。卵それ自体については忘れてしまいましたが、このことも彼女は思い出すことができたのです。「いつだって新鮮ないい卵がありますからね」——というのがおかみさんの言葉そのままでした。それに対してカーティス嬢《さん》はこのうえなく落ちつき払った陽気さで、もしそうでなかったら鶏がいなくなってしまうし卵もなくなってしまうにちがいないと答えました。そして彼女たちは二人そろって大笑いしたのでした。実のところをいうとそのときは、今後生きているかぎりなにを食べようが食べまいがまったくどうでもいいような気分でした。それでも彼女は老婦人にむかって卵は大好きだとうけあい——「ゆでて下さいな、そしたらわかりますわ！」——それから暑い戸外へさっそうととびだし、活気のない通りを下って、青く明るく潮の匂いのする海の空気でいっぱいの遊歩道へむかったのでした。

　そこで彼女はたち止りました。そればかりかガラスと鋳鉄でできた小さな小屋のひとつに腰をおろして、世界のむこうの端をカーティス嬢《さん》同様み知らぬ港にむかってつき進んでゆく小さな汽船の煙が遠くたなびくのをみつめたものでした。彼女は自分の気持を整理しようと、なん度も空《むな》しい努力をくりかえしました。

　み知らぬ人に会うというだけのことを期待して息を切らしほとんど息ができなくなって坐りこんでいるなどというのは、けっきょくのところ、あのごたごたと塗りたくった黒い眼の、羽根のように頭の軽い小さなイタリアの伯爵夫人のやっていることと変りがないどころか、ほとんどおなじくらいばかな、ほんとうのところばかげているというよりもっとひどいことなのではないでしょうか？　それにその人は戸外にいたのではなく、彼女がたった今あとにしてきたのと似て、もうすこし広いバルコニーのついた窓のところに坐って、彼女が今やっているように海をみつめていただけだったのです。それにまたこの重大な危機の訪れはあまりにも唐突でした。その寂しそうな顔と肩を一目みただけで彼女はどうしてもかれを忘れられなくなり、かれからいわば回復しようと努めていたにもかかわらずやはり忘れることができなかったのでした。

　人生においてなんらかの意味を持っているように思われる多くのことと同様、このできごともまったくとつぜんになんの前触れもなしに起こりました。いつものようにたったひとりで――またもや砂丘のほうにむかって、いささかぼんやりして——散歩をしていたカーティス嬢《さん》は、旗竿の立っているところまできてなんの気なしに眼をあげたとたんに、まっすぐにかれの顔をのぞきこむことになってしまったのです。かれはそこで——その通りのむこう側で、なんか月も彼女を待っていたかのようにみえました。その態度にはなにか並みはずれて紳士的な——ほんとうの意味で紳士的なものが感じられました。それはあとになって彼女が自分の部屋にもどってから気がついたことのひとつでした。かれはほほえんで——まっすぐに彼女のほうをむいてほほえんでいましたが、そうした厚かましさに対しても腹をたてることはできませんでした。それは厚かましさといえるものではありませんでした。そのようすは、子供が知らない人——男であれ女であれ——をみて気にいり、当然のことながらそれを示すのをなんとも思わないのとおなじくらい自然にみえました。じっさいその微笑にはずうずうしいところや手の早そうなところはすこしもありませんでした。静かではるかな、そして寂しいという言葉が一番ぴったりに思われました。

　このような不意うちを食ってカーティス嬢《さん》にできたことといっては、ぼんやりとみかえすことだけでした。それ以外どうしようもないことは確かだったのです。そして果てしない秘密を打ち明けあっているかのような時間がすぎたあと、彼女は頭をさげ、顔をそむけて砂丘のほうへと急いだのでした。

　とても奇妙なことに、彼女はそこに着くと、いつもよりすくなくとも三十分は早く、持ってきていたものをみんな食べてしまいました。ほんとうにおかしなことです――知らない人にはじめて注目されただけで、誕生日のパーティにでた女学生のように食欲がでたかと思うと、つぎの機会にはほとんどぜんぜん食べられなくなったのですから。そうです、つぎの機会があったのでした。それも一度ではありませんでした。彼女は食べものを手に取ることさえできなくなりました。そのつぎの午後にはすでに、縞模様の移動更衣車やボートの横を通り、海鳴りの音を耳にして、そうしたあらゆるもののすばらしい陽気さで身体がひりひりしてくると、おおっぴらにあの浅い張り出し窓とその住人のほうにむかって――彼女はそれを否定しようとはしませんでした――行進でもするように歩いてゆきたいという欲望に抵抗するのは、疲れたときにあくびをこらえるのとおなじくらいむずかしいことになっていました。

そのころから彼女を悩ませはじめたのは、窓をのぞいてもかれがいないのではないかという心配ではなくて、これ以上なにも起こらないのではないかという不安でした。その若い男は――もちろん若すぎるということはぜんぜんありませんでした――あのすばらしく静かで暗い、もし女にそのようなことができるとすれば彼女がもうそらで憶えてしまった顔をして、まったくおなじ喜び迎えるような遠いほほえみをうかべていつもそこにいます。それだけで、それ以上なにもないとしたら。

カーティス嬢《さん》のほうは――彼女にはそれを認めまいとする気などはすこしもありませんでした――またどうしてその必要があったでしょう？――三度目の機会に出会ったとき、ごくはっきりとほほえみかえしました。四角い顔をあげて――自分がまんざらでもないようすにみえることを彼女は承知していました――きわめて愛想よく慇懃《いんぎん》にかれの微笑に応えたその微笑の明白さからいっても、もし二人が出会ったのがおもての通りでのことだとしたらかれは当然帽子をとっただろうとしか考えられませんでした！　しかしかれはすこしもはっとしたようすはみせず――彼女は自分が人の性格に関してそうまぬけな判定しかできないとは思ってもいませんでしたが――ただほほえみつづけるばかりでした。その微笑はあこがれるようなものともいいきれず、また憂鬱で悲しげなものというのでもなく、ただほほえんでいるその当人が自分にもぼんやりとしかわかっていないなにかを追い求めているということだけはみてとれるのでした。

でもどうしてぼんやりとなるのでしょう？　なぜはっきりしていないのでしょう？　もしも多少近視だというのでなく、あるいは鼻眼鏡をかける勇気を持っていたら――彼女は自分にはそれが似合わないと考えていました――カーティス嬢《さん》はその疑問をもっと追求してみたことでしょう。とにかく彼女にわかっていたのは、くる日もくる日も、そして彼女がはじめて微笑をかえしたあとも、彼女が遊歩道の砂のうえを歩いてゆくといつもその暗い蒼ざめたロマンティックで美しい顔がこちらをながめており、関心を深めているとはいいきれないにしても、いつもおなじ心からの期待の表情をうかべているということでした。それだけのことは彼女にも確信が持てました。それにそれらはそっくり裏がえせば彼女自身にもほとんどあてはまることばかりでした――喜びと期待と待ち遠しさと疑いとあこがれと、そうしたすべてのことがです。

もしそうならどうだというのでしょうか？ 海べの避暑地などというところにはだいたいどこにでも色の黒い海賊じみた男や色の白い巻毛の若者がたくさんいて、女をものにしようと待ちかまえているのではないでしょうか？ それにもっと年配の男たち、もっとたちの悪い者たちもいます。けれでもカーティス嬢《さん》はそんな人たちのことはぜんぜん気にかけたことがなく、復活祭や八月の休みに旅をしている「お父ちゃんとお母ちゃんと三人の子どもたち」式の連中や、海岸によくいる「世界がどうなろうとかまやしない」式の若い恋人たちに対するほどにも注意を払ったことはありませんでした。それにこの窓べの青年にはそうした海賊じみたところはかすかにさえありませんでした。明らかにかれは避暑客ではなさそうでした。その服装にも人がロンドンで着るようなものとちがったところはみうけられなかったのです。彼女のみるかぎりそれは濃紺か鼠色にかぎられ、近眼のおかげで思いちがいをしているのでなければ、いつもたった今従者の手を離れたばかりのようにきちんとしていました。

かれが「土地者」かもしれないと思うと、はじめ彼女の心は沈んでしまいました。土地者は、ただの避暑客などにはむろん目もくれないものです。それどころではありません。日曜日に教会へゆくときと買物にゆくとき以外かれらは遊歩道に姿をみせたりはしませんし、たとえ現われるとしてもそんなことには慣れているしたいして楽しくもないというふうを装うように気をつけているものです。海岸に住んでいるだけでどうしてそう横柄《おうへい》で排他的になるのか、カーティス嬢《さん》は考えてみたこともありませんでした。しかし窓べにいる青年は——おそらく三十歳よりほんのすこし若いにちがいないと彼女は思いました——横柄ではありませんでしたし、明らかにまるっきり排他的というわけでもありませんでした。たぶんそれならかれは土地者ではないのでしょう。しかし土地者でも避暑客でもないとしたら、かれはいったい全体なんだというのでしょう？　またもし土地者だとしたら、いつかそとへでてくることがあるといえるでしょうか？

まだ燃ゆる心の第二十一章あたりをさまよっていたころ、カーティス嬢《さん》は思いきってそのあたりまで考えを進めてみたのでした。はっきりと意識してそれ以上先へ進むことができなかったのは、なんというかその——まあ、ほかに考えられるようなことのせいではなく、その微笑が正確にはなにを意味しているのかがわからなかったからでした。さらに悪いことに、やはり遠くからながめているだけではありましたが、彼女はかれの微笑が穏やかなものでも幸福そうなものでもなく、いささか哀れをさそうものだということに気がつきはじめていました。それはなにかを捜し求めている者の微笑でした。なんなのでしょう？　理解でしょうか？　それとも友情？　カーティス嬢《さん》にはさっぱりわかりませんでした。それにもしそのうちのどれかだとしても、彼女にはいったいなにができるでしょう？　男性と女性の役割を——性別それ自体ではなく——時々いれかえることさえできたら！　そうやってもなにも致命的な結果にならないのだったら！　もしそうなら彼女はドアのところまでいってノックをしてかれを呼びだし、「さあ、ほらやってきましたよ。お呼びになりたかったんでしょう？　だからきたんです。どうやってお力になりましょうか？　いって下さればなんでもしますよ」ということができるのです。それにしても微笑というものはこんなにも深く人の意識の底にまで浸み透るものなのです！

カーティス嬢《さん》はこのときひとりきりで――メイヴォー嬢《さん》は着替えをしていましたので――もう夕焼けの色もすっかりあせてしまったロンドンの通りをぼんやりとながめていましたが、今ではあの青年がなにを求めていたのかということはまるでどうでもよくなってしまっていました。唯一かかわりのあることといえば、かれが求めていたのは彼女ではなかったということだけでした。しかしそのためにかれに悪感情をいだくというようなことはありませんでした。彼女は二度とかれに会いはしないでしょうし、かれに類するような男に会うこともないでしょう。かれのことがあって以来、彼女は男というものに関心を持つことを、完全にそして永久にあきらめてしまったのでした。彼女のあらゆる能力はいまやひたすらじっさい的なこと――「職業《キャリア》」――にむけられていました。彼女が今でも多少の関心を抱いている唯一の男性はひとりの甥で、その甥に彼女は自分の貯えをぜんぶ遺すつもりでした。それにあのうわついたけばけばしい小さなフィリスや陰気で秘密主義なメイヴォー嬢《さん》やそのほかの連中をみてみるといいのです。仕事のある日にさえその一時間一時間をなにかばかげた恋愛事件のあいまをつぶすだけに使っているとは、なんと愚かなむだ遣いなのでしょう。「映画」、ドライブ。ある種の若い男たちは彼女たちの能力をみんな吸いとってしまいます。

　カーティス嬢《さん》の事件はけっしてただの恋愛事件になったはずはありませんでした。それは人生そのものの事件になるはずでした。とにかく彼女にはそれがわかっていました。もしあの窓のところでほほえんでいた人が彼女の残りの人生をかれの世話をすることにつかってほしいとほのめかしたとしたら――それが最初に会ったときすぐのことであったとしても――自分はけっしてためらわなかっただろうということを、彼女は知っていました。またかれがなにかかれ自身にはよくわかっている理由から彼女にむかって簡単にうなずいてみせ、翌朝海から打ちあげられた彼女の死体がかれにとってなにかの役にたつのだということをわからせたとしたら、彼女はすぐにとびこんだはずでした。

　それがこっけいな結末だというのなら、それでもかまいはしません。でも起こることのない結末になど、どれほどの意味があるでしょうか？　今となってはどんな微笑もカーティス嬢《さん》の健康でしっかりした身体をそのような道へと誘いだしたりはしそうにありませんでした。それは年をとったからなのかもしれませんが、自分にわかっているかぎりでは彼女はまだ、海がすこし冷たいかもしれないと考えても我慢できないほど恐ろしいと思うようにはなっていませんでした。五年前にすでに彼女が老嬢じみてきはじめていたということも、まったくどうでもいいことでした。いったん衝撃がやってきたとなると、それはあとになってそのことを楽しく思い出せるようにしてくれさえしたのです。いわばそれは境界線における彼女の最後のちょっとした試練だったのです。たとえばあの魔法瓶にはいったお茶——あの生ぬるい金属のようななんとも表現しがたい匂い、そしてあの湿った木苺のジャムのサンドイッチ！　ついちょっと気にいったときにあらゆるジャムのなかで木苺のジャムが一番好きだと彼女はいってしまい、おかみさんはそれを憶えていたのです！

どちらにしても本当に若くて愚かでだまされやすくてロマンティックな娘であったら、あのような冒険のときに食べものを持ってゆくようなことはしなかったにちがいありません。窓のところにいる人がいっしょにそれを食べたりするわけはなかったのです。彼女にはそれが自分の食料になるだけだということが——すぐにそうではなくなってしまいましたけれど——じゅうぶんによくわかっていたのでした。じっさい木苺のジャムの匂いは思い出しただけでいささか不愉快なものになってしまいました。自分の心のなかにあるものがこのように自分を裏切ってしまうということに、カーティス嬢《さん》は悲しくなりました。砂丘のあいだに腰をおろして長い灰緑色の草が首を振るのをながめていると、かすかな風が晴れた空のしたにその草むらをそよがせ、さえぎるもののない海は輝く大皿のようで——それは思い出すたびによけいに楽しくなるような光景です。しかし木苺のジャムはそうではありません！

さてところで思い出のなかのカーティス嬢《さん》は、やがて熱っぽい興奮のあまりとびこんだガラスと鋳鉄製の小屋をあとにしました。心を鎮めようとそこに坐っていたのはほんの二、三分にすぎませんでした。ひとりだけいた相客の老紳士——眼のあたりまでショールにくるまっていたので、顔のうちでみえるのは眼鏡だけでしたが——のほうをちらりとみてから、彼女はふたたび出発しました。彼女は自分に新しい規則を課していましたが、それに従えばバルコニーのすぐむかい側に着くまでは眼を正面の旗竿のしたにある晴雨計にしっかりと据えていなければならず、つぎに一度だけ窓のほうへまっすぐで熱のこもった断固としたまなざしをむけてから——そしてそのあとが思い出しても恐ろしい落し穴だったのですが——数ヤードいったあたりにある椅子に腰をかけることになっていました。そうです、今では彼女はそんなことをさえ自分に対して隠さないでいられるようになっていたのです。彼女はかれを待つためにそこに坐るという習慣を身につけていました。断固として彼女は自分をそういうふうに慣らしたのでしたが、その目的はただひたすらかれを待ち伏せるというところにあったのでした。かれを待ち伏せる——世間のほかの女たちとおなじようにです。そうした彼女の品位をかろうじて救っているものがあるとすれば、それは彼女がいったん腰をおろすともう一インチの数分の一ほども頭を振りむけたりはしないということだけでした。じっさいはそこに坐っていれば——恐ろしく堅くなり、暑くなり、自意識でいっぱいになって——かれのところからみえるはずはなかったのです——もちろん窓のところでかれが場所を変えたりしなければの話です。そしてとにかくこんなにも自分の身を投げうっている以上、それは期待しうることのなかでももっともささやかなことではなかったでしょうか？　しかしこの午後彼女は、この世にはたとえどのように身を投げうっても誰ひとりに一ペニーの役にすらたたないことがありうるということを学ぶ運命にありました。自分自身はちゃんと残るかもしれません――でも、どうだというのでしょう？言葉に尽くせないほど貧しくなって？　塵のように卑しくなって？　試練を経てなにかを学んで？でもそんなことを学ぶ必要があったというのでしょうか？　あれがもし試練では――お休みの宿題のようなものではなかったのだとしたら？

カーティス嬢《さん》の顔にはほほえみがゆっくり忍びこんできました――それは気むずかしそうな微笑ではなく異常なまでに決然としたもので、いささか厳粛にさえみえました。でもそんなことはなにも気にかけないことにしましょう。いまや彼女の考えはその転落の最後の午後に及んでいたのです。質問はもうなんの役にもたちはしません。

窓のところにはかれがいつものように身動きひとつせず、まるで孤独にうちのめされたかのように、耐えがたいまでにひとりぼっちで坐っていました。ほほえみながら。そうです、しかしそれは――彼女はいまやそのことになんの疑問も持っていませんでした――不幸なほほえみにほかならないのです。これ以上そのことを否定するのはばかげていました。かれはひとりぼっちで、絶望に沈んでおり、助けを必要としているのです。そう考えると、彼女の心はかぎりない理解と己れを捨てた献身の想いのなかで水浸しになってしまいました。この午後、彼女はほほえみかえすことさえせず、ただみつめただけでした。しかしそのまなざしには彼女のすべてが——その精神も、心も、魂も、そして待つことだけに費やされた三十年の月日もすっかり——あふれるようにこめられていました。気取ってごまかしたってしかたがありません。ほんとうに彼女はそう感じたのです。すっかり水浸し——まるで波の打ち寄せる浜べに日曜日の不器用な行楽客がまちがってのりあげてしまったボートのようにです。その瞬間、彼女の身体のなかでは血が一滴残らずぴたりと動きを止めてしまったかのようでした。それからひとあえぎすると彼女はバッグをつかみ、腰をおろしました。

彼女が腰をおろしたところのすぐうしろには背の高い気持よさそうな家があり、二、三歩左へ寄ったところにあの後期ジョージ王朝様式の緑色がかったバルコニーがあるのでした。そこで彼女はただひたすら待って待って待ちつづけました。そうしなければならなかったのです。ほかにはどうしようもありませんでした。明日——つまりその翌日——彼女は帰ることになっていたのです。貯えをすっかり一銭残らずつかいはたしてしまうわけにはゆきませんでした。こうなった以上かれが気がついてくれなくてはならないのです。彼女が時間さえ与えれば、かれの知性そのものがそれを明らかにしてくれるでしょう。彼女は待ち、かれはその本心を明かすのです。今になって彼女を無視するとは！　あのような顔をして、あんなにも悲しそうな不可解な微笑を浮かべていながら！

この裏切りでいっぱいの世のなかにあってさえ、そこまでの裏切りは不可能です。どんなにひどいことを考えたってそうまでひどくはありません。

　そこで彼女はそのままじっと坐りつづけましたが、とちゅうでたった一度だけたちあがって、まあだいたい五十ヤードばかり海をながめながらゆっくりゆっくり歩き、そして――窓のほうへは睫毛一本あげずに――もとのところへもどりました。そして彼女がふたたびそこに腰をおろしたとき――心はいささかひえびえとし、頭のなかは口争いをする声でいっぱいでみじめな状態でしたが――眼の前の空にはかつて一度もみたことのないびっくりするような夕焼けがひろがっていました。

　まるでその日一日じゅう、雲という雲がその最後の雄大な変幻絵巻のために翼をひろげて待ちかまえていたかのようでした。つぎつぎと列を作ってそれらは決められた場所へと急ぎ、壮麗な色彩の洪水は天と地を浸すにとどまらず、西の地平線のあたり全体をひろげ、近づけ、さまざまな模様で飾り、彼女のあっさりした頭のうえでは天頂のアーチまでが雄大に彩られていたのでした。それはびっくりするほど喜ばしい光景でした。あたかも全能にして慈悲深き主の登場を用意するかのようなこの雄大な光景が、これまでなん世紀もなん世紀にもわたり、この地上に人が住むようになってからもそれ以前にもなん度もなん度もくりかえされたにちがいないと思うと、ほとんど信じられないような気がしてくるのでした。しかしじっさいにはそのような登場はなかったのです。それに厳密にいえば自分が眼の前にみているこの広大な光景も自分ひとりのものではないということに、カーティス嬢《さん》は気がついていました。刻々とそれは西へ移り進んで、誰かほかの人の眼に触れようとしているのですから、じっさい——興醒めな考えですが——日没というものは常に誰かほかの人のものになろうとしているわけなのです。そしてそれをいうなら日の出もまたおなじことになります。

彼女にとってこの夕暮れは極端なふたつのものがひとつに結びあわされたもののようでした。そしてそのあとに夜がきたのです。その最後の短い数分のあいだに、彼女はその見張りをつづけながら、かぎりない可能性を秘め、あらゆる予想を越えた楽しさや不安や責任感や喜びで満ちあふれた人生のただなかにいるということがどういうことであるかを悟りました。そしてその数分が終ったとき、彼女はさらに、それがあっという間に色あせて死んでゆくのをみるということが——すくなくとも彼女にとっては——どういうことであるかということをも悟る運命にあったのです。空ではそのときもなおあの美しい光景が、やがてそれも色あせてゆく運命を前にして燃えつづけていました。彼女がその壮麗な瞬間をかいまみたこの人生は、可能性など持ってはいなかったのです。それは幻想にすぎませんでした。いやもっと悪いもの、妄想にすぎなかったのでした。

カーティス嬢《さん》はなおもそこにたたずんだままおもての通りをながめていましたが、ほほえみはもう消えてしまっていました。その顔にこれほどまでに自信たっぷりで断固とした、負けん気にあふれた表情が浮かんだことは一度もないくらいでした。職業《キャリア》というものはなんと慰めになるものなのでしょう！　たくさんやることがあるということはなんと退屈しのぎになることでしょう！　一歩退《しりぞ》いてながめてみるというのは、実に賢明な、利巧なやりかたです。すくなくとも今はそんなふうに思えます。

ニューハンプトンのあの夕暮れは、恐ろしい一瞬によって断ち切られたのでしたが、それを思い出そうなどとするのはひどくばかげたことだといわれてもしかたがありませんでした。なぜなら心や魂にふりかかった激しい苦痛というものは、肉体の苦しみと同様、けっして憶えていられるものではないからです。彼女があのとき仕立ておろしのスカートの膝のうえで小さなバッグを握りしめたまま、西の空の超自然的な彩りにその全身を燃えたたせて坐っていると、すぐうしろで話し声がしたのでした。そしてその声のうちのひとつが——その声はそれまで一度も耳にしたことがなかったにもかかわらず、慣れ親しんだもののようにきこえました——彼女にとって死ぬまで忘れられないものになったのです。それは破滅をもたらす者の声にほかなりませんでした。

遊歩道はもうこの時間にはすっかり空《から》っぽに——砂漠のようになってしまっていました。そこへ二人の男が——まるでお告げの鐘が鳴り響きでもしたかのように、彼女はそのひとりがかれであることに気づいていました——すぐうしろの家から姿を現わし、彼女から二十ヤードほど左にある椅子のそばを通りすぎてから右に曲り、ほんの一、二歩のところまで近づいてきたのでした。彼女はまるで両肩のあいだに眼を持ってでもいるかのように、それをまざまざとみたのです。緊張のあまり息をつまらせ、手足をぴくりと動かすことさえできずに、一瞬彼女はそこにじっと坐ったままでいました。

そしてそれから彼女は顔をあげ、西の空の雄大な光の助けを借りて、み知らぬ人の顔を——その眼をまっすぐみつめたのでした。ところがその眼は彼女のほうにむかって据えられていたにもかかわらず、なんの表情をも示しませんでした。ぜんぜん——まったくぜんぜん、なんのしるしもなかったのです。どうしてそんなことがありうるのでしょうか？　み知らぬ人は眼を大きく見開いていましたが、そこにはなにか薄い膜がかかっているようにみえました。たとえかれが同伴者の腕に手をあずけていなかったとしても、彼女はすぐに気づくべきだったのです。かれは盲でした——盲にほかならなかったのです。

そうだとしたらかれがこの海と空とにくりひろげられている光と色と輝きを楽しむことができる——その不思議なまでに曖昧な優しい微笑はそれを証明しているかのように思えたのですが——というのは、おかしなことであるはずです。しかしカーティス嬢《さん》はぜんぜんそれを変だとは思いませんでした。彼女は最初言葉の意味はわからないままに声だけを耳にし、それから口のなかへとびだしてきた心臓をごくりと呑み下したのでしたが、そのときバッグの端をまちがえて不器用に握りしめてしまったために、魔法瓶がすべりだして生きもののように膝のうえを転がったかと思うと、信じられないほど大きな音をたてて、したのアスファルトに落ちてしまいました。

「なんだい、どうしたんだい？」と叫び声がしました。恐怖に襲われたような表情が蒼ざめた静かな顔をすっかり変えてしまいました。

「なんでもないよ、御婦人がなにかとり落としただけさ」ともうひとりが答え、さらに声をひそめてこうつけたしました。「はっきりいうならお茶のはいった瓶だよ、みじめったらしいものさ」

この最後の言葉はほとんどささやくように口にだされたにすぎませんでした。しかし苦しみの極にあるときには感覚が特別に鋭くなり、魂全体が注意深くなるものなのでしょうか。それらはまるで蓄音機の蠟管《ろうかん》に刻みつけでもしたかのように、決定的な記憶となってカーティス嬢《さん》の心に残ったのです。もっともその瞬間には彼女の全生命、全存在、心そのものが粉ごなに砕けてしまったかのようになってしまい、すこし時間がたって深い傷の痛みが麻痺しかかってはじめて、この「みじめったらしいものさ」という言葉の毒は身にしみて感じられるようになってきたのでした。自分自身の姿を自己欺瞞や有頂天《うちょうてん》になった思いこみやロマンスやでゆがめることなしに他人の眼でながめ、彼女自身、ときおりうす汚れたかっこうをした旅行者など――あるいはもっとひどいもの――をみて心のなかであわれむように使った言葉――「みじめったらしいったらないわね！」――をあてはめなければならないとは！「もう忘れてしまうことなんかできない――永久に」しかしとにかく今では、そのことは彼女をおもしろがらせるだけになっていました。

そしてそれがこのできごとの結末だったのでした。カーティス嬢《さん》は身体を屈《かが》めて――そうしていると頭に血が上って眼の前が赤く染まってしまいましたが――壊れた魔法瓶を拾いあげました。そしていささか気持が悪くはありましたが、それをそのまま木苺のジャムのサンドイッチや葡萄パンといっしょにバッグにつめこんだのでした。それから彼女は両手で膝のうえをはたきましたが、そのようすはまるで、たった今とてもおいしい食事を終えてパン屑を払い落とそうとしているかのようにみえました。そしてそれから彼女はたちあがり、砂丘のほうへピクニックにでかけました。そしてそれから……

けれどもみるともうメイヴォー嬢《さん》はちょっとした仕事の残りを片づけて――夜の外出に備えて口紅を塗り、白粉《おしろい》をはたきなおして――でかけるばかりになっていました。カーティス嬢《さん》は最後に残った濃い青の日よけ、ドアのガラスのうえをおおうようになっている日よけをひきおろしました。そして把手をまわし、ドアを開きました。

「さようなら、カーティスさん」とメイヴォー嬢《さん》がいいました。

「さようなら」とカーティス嬢《さん》は答えました。そしてこぎれいなハンドバッグと立派な傘をとりだし、帽子をかぶり、コートを着こむために、半分明りを消したがらんとした店のなかへともどってゆきました。

まぼろしの顔

ノラは鉄製のベッドの端に腰をおろして、片手の指で手すりをしっかりと握り、大きく拡げた頑丈な二本の脚でなかば身を支えながら窓のそとを見つめていました。その眼は四角い骨ばった顔の濃い眉のしたで夢みるようにぼんやりとしていましたが、眼のしたの小ぎれいな長方形をした裏庭で起っていることには――注意を払ってはいないにせよ――残らずちゃんと気がついていました。

それは日曜の午後二時ごろのことでした。けだるい九月の太陽はいまや急速に西に傾こうとしていました。その光線は庭の柵にからみついたカナリヤ蔓《づる》やノウゼンハレンの黄色や赤をとおして輝き、それらの花々をまるでこのうえもなく華奢《きやしや》な色ガラスのようにみせていました。ジョージ・トリミンズの庭のはずれにある緑と白の陽気な小さい温室のガラスは太陽通信機の反射鏡みたいにぎらぎらと光り、窓のところの顔はその反射光で――まるで月の顔のように――輝いてみえました。

ジョージの母親の――よく太って大きな白髪頭をした――トリミンズ夫人はもう家にはいってし

まっており、日曜ごとの昼寝をしているに違いありませんでしたが、ジョージの方はワイシャツ姿で鳩の群れのなかに坐りこんでいました。その雪のように白い生きものたちは、その足もとの砂利のうえをクゥクゥ鳴きながらぴょこぴょこと歩きまわり、そのうちの二羽などはかれの耳もとへひそかな愛の言葉をささやきかけてでもいるかのようでした。その白い翼ごしにかれはときおり開いた窓のほうにすばやいまなざしをちらりと投げかけました。しかしノラはそのときかれのことなど考えてはいなかったのでした。彼女は今すぐに「池」へ出かけようか、それともやめておこうかと、心を決めかねていたのでした。なにもかもが違って見えるに決まっているということはわかっていました。昨夜の記憶がどんなに鮮やかであろうと、昼の太陽のもとではほとんど幻《まぼろし》としか思えないだろうということを彼女は知っていたのです――しかも日曜日の午後の太陽なのです！　しかし運を天にまかせてやってみるほかはありません。ともすれば彼女は、たとえそう考えるたびにちょっと唇を結ばねばならなかったとはいえ、ほんとうにそうなるかもしれないという希望にかられてしまいそうになるのでした。

　いずれにしてもちゃんと済ませてかたづけてしまったほうがいいようではありました。見かたによればその経験はあまりに不合理でばかげていて幻想的で、いつもの常識あふれる彼女には似つかわしくないものでした。いったいあんなことが彼女にどういうかかわりを持っているというのでしょう？　どうしてそれがこんな変化をもたらしたりしたのでしょう？　それにそうだとしたところで——さしあたり今のところは——いったいどうだというのでしょう？　もちろん、もしも——いえ、彼女は自分自身にむかってさえそれを説明してみるつもりはありませんでした。

一番困ったところはそこでした。もちろん誰かにそのことを話す必要はとくにはありませんでした。しかしジョージには？　ジョージには話さなければなりますまい。でもはっきりいって、いったい何を？　どの程度まで？　ひとりきりの散歩を——ひとりでいたいという熱烈な希望を——ならかれは理解してくれるでしょう。それはそれだけのことです。しかし今もなお彼女がありありと描き出すことのできるあの顔、その眼をすぐそこを歩きまわっているかれの鳩たちを見るのと同じように見開いていてさえ、やはり描き出すことのできるあの顔のこと——あの何よりも一番理屈にあわないことについてはどうでしょう？　いったいジョージにそれを理解させるなどということができるでしょうか。

それをはっきりさせるには、またふたりきりになるまでしばらく待たねばなりません。でもこれからの夜の時間をずっとなにごともなかったかのようにして坐っていることができるでしょうか？　生まれてこのかたノラの心は、一度だってこんなにも常軌《じょうき》を逸してとらえどころがなく、しかもけっして離れてくれようとしない考えでいっぱいになったことはありませんでした。どこがまちがっていたのでしょう？　なにがふりかかってきたというのでしょう？　いつになったらまたいつもの実際的な自分にもどれるのでしょう？　母親ゆずりのごつごつした有能な手はただぼんやりと膝のうえに置かれているばかりでしたし、やがてその胸が呼吸するにつれてゆっくりと波うちはじめると、彼女はけっきょくまた白昼夢のなかへ、そしてもうひとりの自分のなかへとひきもどされてしまうのでした。そしてそれからとつぜん井戸の底の水にも似た深いため息をひとつつくと、やっとのことで彼女は窓のほうへむけられていた視線をそらして、夢想のなかから浮かびあがり、またその小さな四角い寝室にもどってきました！

湿気でしみのできた色あせた青いもようの壁紙のうえには、彩色聖句の類が不必要に大きな釘でぶらさげられていました。木目塗りの洗面台のうえには「神はすべてをみそなわす」があり、暖炉棚のうえには「知恵はその値《あたい》、ルビーにもまさる」がありましたが、その「知恵」という字は明るい青に塗られ、「値」は薄緑、「ルビー」は濃い赤でした。ノラはまだ五つか六つの小さな少女だったころからこれらの聖句を隅々まで何度も何度もながめつくしていました。第一の聖句を飾るぎこちないようすの鳩たちのどの一羽をとっても、彼女がそらで憶えていないものはありませんでしたし、もう一方を彩る貝殻や海草についてもそれは同じでした。

暖炉棚には陶製の動物たちが並べられていましたが、「ふう変り」でぞっとさせられるそれらの宝物のうちには首に大きくリボンを結んであるものもありました。そしてそのひとつ残らずがうつろな笑いを浮かべ、とほうもなく空虚なまなざしで彼女のほうを見つめていました。それらのあい

だには昔の「男の子」たちの写真が立っていました。堅そうな麦藁《むぎわら》帽子をかぶってなにげないようすで小道具の墓石にもたれているのがいるかと思うと、海辺の景色を背景にして弟とふたりで移動更衣車のステップに腰をおろしているのもいます。かと思うと同じ若者がこんどはロココ風の紙製のナイトキャップをかぶって、大型のオープン・カーに群がった一杯きげんの陽気な連中のなかで明らかに「花形」を演じているといったぐあいでした。

抽き出し箪笥のうえにはノラの父親のホッパー氏の写真が、母親のとむかいあうように立ててありました。厚紙の枠のなかから、かれはいつもと同じ穏やかな表情で娘のほうをながめていました。母親のほうは太ってはいてもがっしりした姿で腰をおろし、いずれ劣らぬ気の抜けたような表情でかれのほうを見ていましたが、そのようすはまるでかれにも写真屋にもぜんぜん感心できないと思っているかのようにみえました。でもとにかく彼女はそこにいるのであって、誰が見ていようとそんなことを気にかける必要などありはしません！　ノラは二人の両方に似ていました。母親からは引締まった四角い頭と率直で挑戦的な眼と太った身体をうけついでいましたし、その一方では父親のあこがれるような遠慮がちな表情が今この瞬間にも若々しい活発な顔のどこかに潜んでいるのが見てとれました。

ジョージに関係のあるものはこの小部屋にはなにひとつありませんでした。何週間も前にノラはかれと婚約したのでしたが、かれの写真はまだ抽き出しにしまったままになっていたのです。どうしてかということは彼女にもよくわかりませんでした。彼女が服を着たり脱いだりしているときにアルフやシドニーがみすぼらしい小さな額縁のなかからのぞいていても、彼女はぜんぜん気にかけませんでした。かれらはそういうことには無関係なのです。しかし、ジョージの場合は？　今晩かれは日曜の晩餐《ばんさん》にやってきて、ベン叔父さんとエンマ叔母さんとに紹介されることになっていました。ノラは不安げに身動きをしました。彼女はこれまでにあった親類の集まりのことを思い出していました。オーストラリアへ移住してしまったジョセフ叔父さんが奥さんと子供たちを連れてやってきた晩のことを彼女は忘れてはいなかったのです。それに彼女自身の堅信礼のときのことも！でもとにかくホッパー夫人はジョージのこともその家族のこともずっと前からよく知っていました。それはかれがまだ小さな少年で、髪を油でべたべたにして顔のまんなかに小さな四角ばった獅子鼻をくっつけていたころからでした。そしてもうすぐ、かれとノラとは結婚するのです。

彼女はきっと眼をあげると決心をかためて立ちあがりました。すぐに「池」へ出かけることにしたのです。父さんは頭にハンカチをのせて階下の安楽椅子に腰をおろしているから大丈夫です。蝿にはかれはどうしても我慢できないのです。母さんのほうは隣りの部屋にいますが、すくなくとも今のところは――パッチワークの上掛けをペチコートのうえになかばひきあげて、そのほかのことはすっかり忘れはてているので――ノラがなにをしているかということなどぜんぜん気にとめていないはずです。

しかしノラのこのあわただしい行動は誰の関心もひかずにすんだわけではありませんでした。彼女の婚約者はとうとう、うえにいる若い御婦人の関心が今のところは自分にも自分の「恋」にもむけられていないことを悟ったのです。かれは傷ついたりはしませんでした。恐れることもありはしませんでした。彼女には彼女の気分があるし、黙っていたいこともあるはずです。なにも期待したりしていないふうを装ってかれが手を叩いてみると、ノラはちょうど鏡の前でかぶりかけていた帽子の縁のしたからこちらを見ましたが、ちょうどそのとき――とつぜんバタバタと音がして白いものが乱れ舞ったかと思うと――美しい鳥たちの群れは虚空をさして飛びたち、青い空のしたで太陽の荒あらしいまなざしを浴びながら、漂う雪のように白く冷たいその翼を打ちあわせました。鳥たちは群れ、ぐるぐると回り、そしてまたもどってきました――パゴダのようなかれらの小さな鳩小屋へ、そしてトリミンズ氏の小ぎれいな緑と白の温室とそこで熟しているトマトのほうへと、いつものようにもどってきたのでした。

ノラは歯のあいだに帽子ピンをくわえたまま、この若いトリミンズ氏はほんとうに物のわかる人なのに違いないと考えました――ひどく真面目くさっているにもかかわらず、また想像を絶する腕前で鳩とトマトのめんどうをみるために時間も興味も浪費してしまっているにもかかわらず、です。

彼女はピンを押しこみ、いくらもたたないうちに目の眩みそうな午後の戸外へとすべり出しました。通りには人影がありませんでした。むこう側には黄色い煉瓦作りの家が列を作って陽に焼かれており、まるでひとかたまりの粘土をくり抜いてたった今焼きあげたばかりのように見えました。誰かがオルガンで讃美歌を弾いていましたが、その音で暑さは四倍になったかのようでした。でもノラは暑さなど気にかけませんでした。彼女はそれを愛していたのです。しかしそれでもなお、一番いい靴のかかとをぎらぎら光る敷石道のうえにコツコツと調子よく打ちつけながら先を急ぐ彼女の心のどこかでは、なにかが全力をあげてひき返せと説得しつづけていました。でもそうはいきません。豊かな赤い唇はさらにいっそうしっかりと結ばれました。ちゃんと立ちむかうことこそ分別のある行動なのです。彼女はそうして先へと進んでいったのでした。

　次の通りのはずれで彼女は市街電車に乗り、穴だらけの座席にわりこむやいなや日曜の行楽客の一家とむかいあわせになりました——お父さん（黒っぽい小さな口髭）、お母さん（指輪をはめた左手でたずさえたバッグをぎゅっと押さえつけています）、そしてその横にずらりと列を作った三人の小さな子供たち——六つ、四つ、二つくらい——それがみんなそろってぴくりとも身動きをせず、赤茶色の眼ばかりを絶えまなく活発に動かしています。

　電車のなかは蒸暑くてたまりませんでした。ノラはしめきってよどみのなかに沈んだようになった店の列が流れ去ってゆくのを見ていました——肉屋、服地屋、牛乳屋、フライド・フィッシュの店。アドミラル・ネイピア社は——安っぽい茶色のドアに南京錠《なんきんじょう》をおろして——死体公示所のふりをしようという愚かな企てのさいちゅうであるかのように見えました。上のほうに塗ってあるペンキときたら、癩病にかかったような灰色なのです。でもお菓子屋の店は開いていましたし、たばこ屋も営業中でした。日曜日の晴着を着た男の子たちが腰掛けに坐ってアイスクリームを食べているのも見えましたし、ワイシャツ姿のジョブソン氏が商売物の細い黒い葉巻きをふかしながら日曜版の最終頁に読みふけっているのも見えました。「ケンザル・グリーンの三重殺人事件。血染めの肉切り庖丁見つかる」「高名なる某貴族、重婚の罪にて告発さる」日曜版の広告ビラはいつでもこんなふうに刺激的です。電車が鋼鉄の溝のうえをよろめきながら進んでゆくあいだに、ノラの藍色の眼はその目新しい見出しのいくつかのうえをさっとかすめていきました。それは彼女が慣れ親しんでいる世界そのものであり、彼女はそれに強い関心を憶えたのでした。

しかしやっとのことで「池」に――陽《ひ》に照らされて静まりかえった空気のなかで丈長くしなだれた柳が緑と銀色に輝いているその蔭に、低い崖のようになっている岸辺に――着くと、あたりには人影ひとつ見あたりませんでした。それを再び目にするやいなや、ノラはため息をつきました。すると深く吸いこんだそのさわやかな空気が彼女の肺を満たし、心を鎮め、心臓の鼓動をよみがえらせてくれました。彼女の黒っぽい眼は、父親のと同じくらい穏やかでぼんやりとしたものになっていました。水はすぐそこにほんの小さなさざ波さえもたてずに、まるで空のしたの青いお皿のようにひろがっていました。向こう岸では小さな少年たちの群れが遊びたわむれていましたが、遠く離れているせいでその甲高い声もムクドリの鳴き声ほどにしか聞こえてはきませんでした。何人かの少年は水に石を投げているし、二、三人は身体を陽に乾かしています——丸くひろがる空のした、暖かな緑の芝生のうえに、すっ裸で立っている小さなしなやかな生きものたち……

そしてとうとうノラは彼女の樹のほうへそっと視線を移しました。それも柳の樹ではありましたが、まわりの仲間たちよりもずっと年を経ていて、一部分などは腐ってうつろになっていました。水辺までは青草の茂っている砂地が二、三フィートほどつづいていましたが、樹はそれを越えて水のうえへずっと大きく身をのりだしていました。それをながめていると、彼女の心には前夜のできごとの記憶が洪水のように押しよせてきました。

夜ここへきたのがはじめてだったというわけでもありますまいに！　じっさい、そこはノラの取っておきの秘密の遊び場所のひとつだったのでした。彼女はこの場所と「友だち」でした。まだほんの小さな少女だったころ、学校の友だちと浅瀬で水遊びをしたこともありました。そこが危ないということは知っていましたし、何度も何度も注意されたものでした。それだのにどうしてあんなにばかでまぬけなことをしてしまったのでしょう？　星でいっぱいの静かな闇のなかで夢想にふけっているうちに、暗い鏡の面に映った自分の顔を見てみようというまったくばかげたことを思いついて、水のうえへあんなに身をのりだしたりしたなんて。まったくばかなことでした！　顔にさようならをいおうとでもしたみたいに！　落ちてそのまま浮かんでこなかったとしても、それはとうぜんのむくいだったかもしれません。じっさいのできごと――そう悲劇的なことにはなりませんでしたが――は、まばたきひとつするくらいのあいだにおこったのでした。

すっかり放心状態になっていたからか、頭のうえの枝で突然鳴き声をあげた梟《ふくろう》にびっくりしたせいか、指がすべって彼女は落ちてしまったのでした。深く、深く――まるで石のように、冷たく底知れぬ水の抱擁のなかへと。そしてあたかも一生涯――荒あらしく支離滅裂で不安な夢に満ちみちた一生涯のように感じられた一、二瞬ののちに、すっかりおびえてあえぎながら、とりすがるようにに手をさしのべて彼女は再び浮かびあがってきたのです。ぶるぶる震えて寒気がしましたが、とにかくぶじに助かったのでした。

こんなにばかだと思い知らされるくらいなら、溺れてしまったほうがましでした！　でもあの不思議な幻の顔が――まるで暗い空をさまよっていたかのように――出現したのはそのときだったのです。気がつくと彼女はまっすぐにそれを見あげていました。髪からは水がぽたぽたと滴っていましたが、そのとき眼を開けていたかどうかは思い出すことができませんでした。永遠につづくかに思われたその短かい時間のあいだ、かすかに光る眼をして髪を肩のあたりからゆるやかにうしろへ垂らし、頬があごのほうへむかってやわらかな線を描いて細くなっているその顔は、それ自身から生ずるかのような光にわずかに照らされて、ほほえみを浮かべた熾天使のように表情を変えずにそ

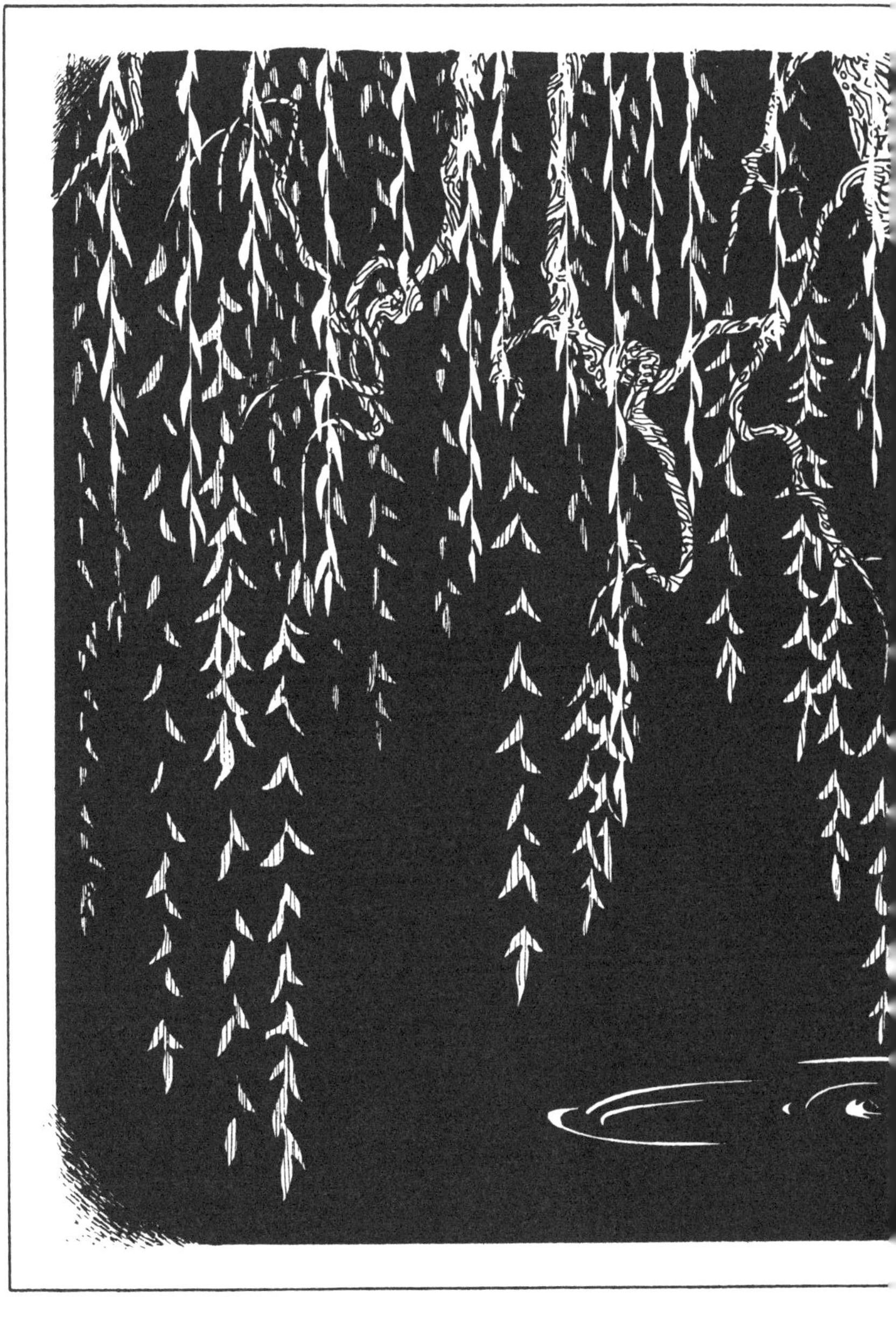

ここにとどまっていました。

やがてたやすいとはいいがたい努力のすえ、ノラは身体を岸辺へとひきあげ、息を整え、ぶじをたしかめ、頭をはっきりさせるために疲れ切った身体でしばしのあいだそこに坐りこみました。そしてそれから洋服の水を絞り、できるだけ人目につかない道を通って家へ急ぎ、自分の寝室へたどりついたのでした。彼女が家を出たとき母親は台所でアイロンかけをしていました。そのアイロンはまだ焦げあとのもようのついたアイロン台のそばに、冷えるのを待って立てかけられたままでした。ノラはいってゆきながらそれをちらりと見ました。すると台所じゅうのあらゆるものとどうよう、それもまた彼女に共謀を約束し、そのことを公言しているかのようにみえました！「ちゃんと知ってますよ。もう終ったんじゃありませんか。恐がることなんかありゃしませんよ。わたしらは告げ口なんかしませんからね！」

にもかかわらずホッパー夫人の鋭い眼は彼女の洋服が変ったことをすぐに見てとりました。

「今晩はジョージはこないといったんじゃなかったのかい？　ジョージのお皿を出していないじゃないか」

そこでノラはひと言も返事をせずに食器棚のところへ行って、お皿を一枚出してきたのでした。

どうしてごまかしたりしたのでしょう？　なにを隠すことがあったというのでしょう？　彼女は母親のことなど気にしてはいませんでした。それならなぜ、ばかなことに水に落ちたから洋服を変えたのだとはっきりと白状しなかったのでしょう？　真実を話すということは、毎朝顔を洗って髪をとかすこととどうよう、彼女の習慣になっていたのですから。なのに彼女は生まれてこのかたずっと嘘を——恥知らずな厚かましい嘘を——つきなれてきているかのように、平然と母親の顔を見返したのでした。しかしそうしながらも彼女には、自分の感覚のなかを、記憶のなかを、そして心の、魂のなかを、いぜんとしてあのほのかな輪郭を持った顔がさまよっているということがはっきりとわかっていました。そしてそれは母親とも、真実をいうこととも、何の関係もないことのように思われました。普通の生活を営んでゆくこととはかけ離れた、なにかこう——そう、彼女にはうまい表現を見出すことができませんでした。

見ると池の岸には彼女のほうにむかって手をとりあってぶらぶらとやってくる若い男女の姿がありました。青草のうえには三人の小さな男の子たちがシャツ姿でしゃがみこんでいるのが見えました。秋の太陽はだんだん狭くなってゆく弧のうえをたどって、またすこし低くなっていました。ノラは自分の前にひろがるそうした光景をもう一度だけちらっとながめてから、むきを変えて家へと急ぎました。

日曜日のお茶の時間はほとんどおしゃべりすることもなしに過ぎるのが常でした。ホッパー夫人は夫とは違って食べたあとにはぐっすりと眠るたちで、寝室から——安息日《サバト》の午後の時間が終って——どたどたと降りてくるときには、いつも不きげんで赤い顔をし、眠そうにうるんだ眼を据えて、まるでのんびりとあくびをしている魚みたいに見えるのでした。この午後、食事はいつもよりももっと簡単に終りました。早い夕食を兼ねたお茶の会《ハイ・ティー》のしたくにかからなければならなかったからです。それにベン叔父さんはすぐ批評がましい眼で見るし、味の好みもうるさいはずでした。でも思い出したくないことをくよくよ思い患わないためには、どんなことであろうとそれにかまけて忙しくしているのが一番です。ノラはじゃがいもをむきながら歌を歌いさえし、ホッパー夫人はそれを聞いて自分はどうして若いときにあんなに堅苦しくとりすましてばかりいたのだろうと考えました。アルフはずっとこれまで夫として申し分がなかったけれど、世間にはいろいろな男がいるのです。

　ノラは母親がその並びかたにいささかつむじを曲げて鼻を鳴らしたにもかかわらず、父親とエンマ叔母さんのあいだにはいって夕食の席に着きました。しかしホッパー夫人は怒らせやすいかわりになだめるのも簡単で、しかももてなし好きなことは第二の天性といってもいいくらいでした。「そりゃ森の精みたいな人もいますよ」と彼女は説明したものでした。「どこにいたってひとりっきり、自分の殻のなかにはいってなきゃいやだって人もね。わたしゃ違いますよ！　人の顔が見たいし、相手がほしいし、おしゃべりがしたいんですよ。そばに誰もいなかったらふさぎこんで気が変になっちまうでしょうよ」

そのことには何の疑いもありませんでした。黒っぽい丸いテーブルのうえには、陶製のランプをまんなかにして、ゆでて冷たくした羊の脚に焼肉とキドニー・パイ、ピクルスにビート、グラスやナイフやフォークが並べられ、そのまわりには椅子が置けるだけぎっしりと、人間がつめ込まれていました。そのようすはまるで動物たちが鼻をつきあわせてしゃべっているかのようでした。それでもホッパー氏はただ静かに笑いながら、孤島における苦行者ロビンソン・クルーソーさながらにひとりぼっちなようすをしてそこに坐っているばかりでした。

一方ベン叔父さんは、自分が瓶入りのビールが嫌いでウィスキーに「目がない」ことを義姉が忘れていなかったのに安心するやいなや、ただちにひょうきん者で色男だという評判を保持することにとりかかりました。そしてエンマ叔母さんをお世辞の仲間にいれ、聞き手にはマリングス嬢を、かれに関するかぎり最初の犠牲者——身をそらせながらそれでもおもしろがっていました——に選んで、たちまちのうちにおしゃべりと笑いのたえまない轟《とどろ》きが始まりました。そしてシャンデリアのまわりを蠅どもが飛びまわるのと同じくらい自然に、その轟きはこの夜の客——運の尽きた独り者であり結婚の初心者であり、甲羅を経た連中の最も簡単な餌食《えじき》であるジョージのまわりをとりまいたのでした。ジョージはしっかりしていました。それに根気強くもありました。いささか頭が鈍いといえないこともありませんでしたが、それだって人生がとかく不器用に棍棒を振りまわして、敏感な頭蓋骨を蒸気ハンマーで卵をつぶすみたいに砕いてしまうことを思えば、すこしも悪いとはいえないでしょう。ジョージはそこにとどまりました。未来の花婿として矢面《やおもて》に立ち、標的になりました！　糊のきいたきゅうくつなカラーをつけ「小ざっぱりした」霜降りの背広を着て、あらゆるからかいにゆるがぬ上きげんで応じるジョージの、頭をちょっと前に傾けて濃い茶色の眼をわずかに突き出したようすは、一瞬、家畜運搬車のなかで眼を光らせている雄牛をさえ思わせました。

ベン叔父さんはどんな機会に出会っても――洗礼から葬式にいたるまで――尽きることのないほどたくさんの冗談の種を持っていました。しかしとりわけそれがぴりっときくのは未亡人や姑《しゅうとめ》、若い恋人たちなどが話題になっているときでした。

「あれ、まあ、ベン」とやっとのことでホッパー夫人が助け船に出ました。「かれのほうにもしゃべらせてあげなさいよ。チャンスをあげなくっちゃあね！」そして彼女は品のないおかしさのためにしゃっくりをし、疲れはてて、ため息をつきながら眼の涙をぬぐいました。

「チャンスだと！」ベン叔父さんは長い鼻を彼女のほうへ突き出していい返しました。「チャンスをもらってどうするんだね？　彼氏にチャンスがなかったというのかね？　ちゃんとうまくやったんじゃないか、え？……そうじゃないかね？」

ジョージは椅子のうえで一、二インチ身動きをしました。

「チャンスなんか欲しがってるもんですかね」とエム叔母さんが口に手をあてながら話にはいってきました。「じゅうぶんにしあわせなんですからね。あたしにゃわかりますよ。若い人はみんなそ

うありたいもんですよ」

「わしがいったのは、だ」とベン叔父さんは、ふだんでさえおそろしくくっつきあっている眼で同志のほうを流し目に見ながら、突拍子もない重おもしさでこういいはじめました。「わしがいいたいのは、つまりこれで彼氏も尊敬すべき大人の仲間入りをしたってえことだね。まずどぶんとやった——で、にこにこと浮かんできたってえわけだ」そしてかれは手に持ったコップをぐっとにらみつけました。

「あら、ホッパーさん」とマリングス嬢はあてこするようにいいました。「そんなふうにいうと、若い二人が祭壇《オールター》にむかって旅に出るのが処刑台へ行くよりつまらないみたいにきこえますわ」

「祭壇《オールター》といいなすったかね？　それとも首締め縄《ホールター》だったかな、マリングスさん」とベン叔父さんはしかつめらしくたずねました。「いや、それに処刑台ではどんなことが期待できるかきかせてもらってもいいかね？　もちろん首切りに決まってらあね！　そうしてまだ瞼をぴくぴくさせているうちにおが屑のなかから拾い出されるってえわけだ。お若い友人の皆さんがそうした道をたどるかと思うと——いや、まったく————」かれはよく響くささやきといったあたりにまで声をひそめ、グラスを空にしました。「まったく心臓から血が流れ出すような気がするね」

「ほらばっかりで大げさなんだからね、もう」とホッパー夫人は文句をいいました。「もし内証にしときたいんじゃなかったら、ちょうどあんたがその同じ罠に落ちかけてたときのことを思い出してるところなんだけどね、ベン。よく肥えた若いきれいな後家さんだったじゃないの。もっともあの髪がぜんぶ自分のだったとは思えなかったけどね！」

　それまでずっとただ静かに食べることに専念していたホッパー氏は、これをきくとそっと弟のほうへ眼をやってほほえみました。そのほほえみは雨降りの空にふっとさしてきた水っぽい陽《ひ》の光を思わせました。

「あいにくと」とベン叔父さんは平然といい返しました。「それで急所をつかんだと思ったら大まちがいだあね。『石橋を叩いてわたる』ってえのがわしの格言だからな。いつだったか偶然見つけた古い本で三百マイルばかり東のほうにあるふたつの島のことを読んだことがあるがね。そのふたつの島の一方には男ばっかりが住んでいて、もう一方には、その――つまり、早くいえば女ばっかりいるってえわけだ。おかげでわしゃあ死ぬときにはどこへ行きゃあいいかがわかったね」

「でもそのどちらへいらっしゃるんですの？」とマリングス嬢がつぶやきました。

　するとベン叔父さんはこぶしを握った両手を突き出して「降参！　降参！」と叫びました。そして「さて、ところでだ、ジョージ……」とまた話を始めました。

　ジョージは堅いカラーのなかからあごをすこし前へ突き出し、口のなかのものを呑み込みました。

「そう簡単に参ってしまわない者だっているかもしれませんよ」とかれははっきりしない声でいいだしました。「ぼくがいいたいのは、プディングは食べてみなくちゃあわからないってことです」

こうして一寸の虫も五分の魂を発揮しはじめたのでしたが、その声をきくとノラは急いで汚れた皿を片付けてプラム・タートとカスタードとプラム・プディングを出す用意にとりかかりました。それらの材料をホッパー夫人は、いつどんなことがあるかもわからないからといって、クリスマス以来ずっと大切にとってあったのでした。

ノラがとつぜんこの小さなパーティの注目を一身に集めたのは、夕食のお皿がぜんぶきれいにかたづいて、ベン叔父さんが一同をお得意の歌のレパートリーのいくつかで――かれは「蓄音機などというしろもの」には弱いビールほどの値打もないと考えていました――楽しませたあとのことでした。しばらく洗い場でひとりでいたあと、彼女はそっと部屋にもどって父親のそばに坐っていました。彼女の手は掌《たなごころ》のほうをうえにして膝のうえに置かれていましたが、そこへ父親の手がそっと伸びてきて一瞬それを優しく握りしめたのでした。

その瞬間エンマ叔母さんが絹の覆いをかけた古い紫檀のピアノの前の椅子から、好奇心にあふれた蟹《かに》のように横むきになってすべり降りたので、三つ目の歌にいつもほど盛大な拍手をもらえないでいたベン叔父さんがこの小さなひそかな愛撫を眼にとめてしまいました。

「さてさて、そこのお若い御婦人は」とかれは愛想よく大声をあげました。「鵞鳥《がちょう》をおどかすこともできんほど気がお弱いと見えるぞ。え、かわいいふさぎ屋のお嬢さん、その黒い眼でなにを考えておるのかな？」

　ホッパー夫人はそれまで、娘がこの夜のもてなしのなかでほんの小さな場所しかしめていないということをすっかり見過ごしていたようでしたが、これをきいた瞬間にとつぜん堪忍袋《かんにんぶくろ》の緒を切らしてしまいました。

「まあ、なんてことかしら？　この娘ときたら一晩じゅう人形みたいに黙りこくって坐ってるばかりじゃないの。いったいおまえ、どうしたっていうの？」

　これをきくとジョージは、それまでずっと家畜運搬車のなかから線路のそばを走り過ぎてゆく緑の牧場を見つめる雄牛そっくりに恋人のほうにじっとむけていた眼を、のろのろとそらしましたが、それにつれていつもは浅黒いその顔にぼんやりとした血の色がのぼってきました。

「どうもしないわ、お母さん」とノラはいいました。

　彼女はまたひとりぼっちになってしまっていました。ホッパー夫人の非難の声が一声おこるやいなや、ホッパー氏は手をひっこめてしまったのでした。

「もし自分でいってるとおりに『どうもしない』のだったら」とホッパー夫人はいい返しました。「ちゃんと舌がついてるってことを見せてくれなきゃだめですよ。この何日かずっとこんなふうなんですからね」彼女はエンマ叔母さんにむかってそう説明しました。「いったいこの子はどうしたのか、あたしにゃまるでわかりませんよ」

「たぶん足が地につかないんですよ」とマリングス嬢は同情するかのようにほのめかしました。

「さあ、ほれ、ジョージ！　どうだい、こりゃあ？」とベン叔父さんはまたもや龍退治よろしく全速力でつっかかっていきました。

ノラは落ち着こうとして椅子に身体をしっかりと押しつけました。「あたし笑われたってかまわないわ」と彼女は口を開きました。「ちっとも気にしたりしないわ。もし笑われるのにしんぼうできなかったとしたら、あたし知的障害児の施設にはいったでしょうよ。でもね、ベン叔父さん、叔父さんだってゆうべもうちょっとで溺れてしまうところだったとしたら、そんなに楽しくおしゃべりできたとは思えないわ」

ランプに照らされた小さな部屋のなかで、この奇妙な陰気くさいひとことはまるで喇叭《らっぱ》を吹き鳴らしでもしたかのように鳴り響きました。完全な静けさがそれにつづきました。ベン叔父さんは立ちすくんだままあえいでいました。やがてホッパー夫人はじゃけんに脚を組み、両手を握りあわせました。

「今いったのは、いったいそれは何の話？」と彼女は怒って叫びました。

ノラは母親の顔をまっすぐに見つめました。「溺れかけたといったのよ、母さん。ゆうべあたし『池』へ散歩に行ったの……誰のせいでもないわ――自分で落ちたのよ」

「落ちたんだっておまえ？」ホッパー氏の声は、めえめえ鳴く羊の群れのまんなかで鳴る鐘の音のように美しく響きました。

「そうなの、父さん、すっかり沈んでしまったの。何マイルもよ！　深かったわ。でも別に心配するほどのことじゃなかったの。すぐになんとか岸へ上がったから。もっとも」と彼女は額に手をあてました。「おかげですこし頭痛がするみたいだけど」

「まったくこの子ときたら。さっさとベッドにはいりなさい」と母親は叫びました。「あしたの朝になってひどい寒気がして肺炎かなにかになったって、あたしゃ驚かないからね。魚屋の店先の鱈《たら》みたいに滴をぽたぽた垂らしながら、ずうっと通りを帰ってきたのかい！　人が見たらどう思うかあたしにゃ見当もつかないよ。おまけにこの母さんにはそんなことひとこともいっちゃあくれないんだからね！」

「手にさわってみて、父さん」とノラはいいました。「ちゃんと冷たいでしょ？　あたしならどこも悪くはないわ、母さん。それにあたし裏道から帰ってきたわ。皆さんもうお話をはじめてたんだし、みんなしてジョージをからかってたっていうのに、どうして——すっかり座が白けてしまったりするのかしら。ばかげて見えないことなんていったいあるかしら？　いつだって誰かが笑うんだわ。でもあたしもうこんなことこれ以上お話したくないわ」

「さてと、わしがいいたいのはだ」とベン叔父さんは、いつものように騎士よろしく胸を張って助けに駆けつけました。そして詮索好きな長い鼻の両側の小さな冷たそうな眼を瑪瑙《めのう》のように灰青色に光らせながら、もう一度「わしがいいたいのはだ」とくり返しました。「それこそまさにたとえどおりだってえことだよ。ほんの一時間ほど前にわしはジョージがどぶんとやってにこにこしながら浮かびあがってきたといわなかったかね？　ノラがやったのもまさにそいつだよ！　けがなんかするもんかね。そうともよ！　この若い娘っ子の強くて丈夫なことときたら、え、ポリー、鼻につけたお白粉《しろい》も吹きとばないくらいのすきま風にあたっただけで肺炎になって死ぬような、そんなだらしない若い御婦人たちとはわけが違うよ。大丈夫だとも、見てみなよ、ポリー、大丈夫だとも。この親にしてこの子ありだ。けっこうなことだよ」かれは義姉が腰をおろしていた小さなソファーに無理にわりこんで、腕を彼女の腰にまわしました。

「まあ、なんてばかなんでしょうねえ！」とホッパー夫人は優しくたしなめながらその手を押しのけました。「ほんとにぐうたらで、何の役にもたたないんだから！　あんたには堪忍袋の緒が切れるわ」

しかしその陣地は守られ、ノラは罰としてコップ半分の熱湯にベン叔父さんのウィスキーを大さじにたっぷり二杯まぜたものを与えられただけですみました。

「暗くなってからひとりでうろうろしたり、人目につくところで水あびしたりするのをやめないと、今にたいへんなことになるよ、おまえ」とホッパー夫人はいいながら、湯気のたつコップのなかに角砂糖をふたつ落としてやりました。

ノラはジョージのあとから薄暗い廊下へそっとすべり出しました。

「ノラ、たしかにほんとうに」とジョージは彼女の耳のなかへかすれた声でささやきかけました。「気分が悪くはないのかい？」

「気分が悪いですって！　そんなことないわ。いっしょに出かけるわ、ジョージ。静かにしててね。ここにいて。一分とかからないわ」彼女は急いで部屋へ上がっていきました。部屋は澄んだ静かなほの暗さのなかにとっぷりと沈んでいました。窓ガラスに映った彼女の顔はやわらかな光を放っていました。眼のしたの影に包まれた暗い庭には、鳩小屋や温室が、まるでなにかの芝居の背景にするために魔法の力で作りあげたかのようにくっきりと浮かんで見えました。彼女は一瞬立ちどまってそれに見とれていましたが、やがて帽子をかぶると足音を立てないように急いで降りていきました。ジョージは彼女がかれを待たせておいたところにそのまま立っていました。ビール醸造所のマークのライオンかなにかのように、一インチも動かずにいたのでした。

かれがドアをあけると彼女は「あたし、誰にも知られないでこっそり抜け出すのが好きなのよ」とささやきました。「なにもかも、もううんざりだわ、ジョージ」

小さな煉瓦造りの家が二列に並んだ人気のない通りのうえの空には、ほんの小さな刷毛《はけ》ではいたほどの雲さえありませんでした。夜の空気は冷たくてさわやかでした――まるでほんの数時間のうちに霜ですっかり味つけしてしまったかのようでした。西を見ると下弦の月がかすかな光を灰青色の水晶のような空ににじませていました。

ふたりはその通りのはずれまで黙って歩いていきました。次の通りを越えて二、三百ヤードゆくと、プラタナスがまだらな幹から直角に伸びた枝を「運動場」のアスファルトの散歩道のうえへまっすぐに突き出していました。空気にはかすかにかび臭いにおいがし、そのなかにはちょうどふたりをとり囲む花壇で種をむすぼうとしている秋の花の匂いもまじっていました。

「正直にいってくれよノラ、君はほんとに池に落っこちたのかい？」とジョージがたずねました。その声はやっぱりいささかぼやけて人間離れしており、まるで動物が何とかしてしゃべろうとしているかのようでした。

「あたしが嘘をいってるなんて思ったわけじゃないんでしょ、ジョージ？」

「君がぼくになにもいってくれなかったってこと以外、ぼくはなんとも思いはしなかったよ。君はよくひとりで出かけるのかい？」

ノラはその上着のしたで胸をふくらませました。「あたしがよくひとりで出かけることくらい知ってるくせに。それに、どうしてそうしちゃいけないの？　あたしひとりでいるのが好きなのよ。これからもいつだって——そうしたいときにはいつだってひとりになりたいわ。そうしたって別に悪いわけはないのわかってるもの。あたし自分のめんどうくらい見られるわ。母さんはあんなふうにいうだけなのよ。自分が思ってるとおりにことを運ばせたがってるだけなんだわ」

「君は池で溺れるところだったんだぞ。あの上手の岸のそばは八フィート以上も深いんだ。ひとりで出歩くって君がいうのがそんなふうなことだったら……」

「でもあたし溺れなかったわ、そうじゃなきゃ今ここにいるわけないもの。風邪をひくだとかそういうことだったら――そうよ、冬じゅうサーペンタイン池で氷を割ってばかりいる人たちはどうなるっていうの？　それにあたしが考えてたのは池に落ちたっていうことじゃないわ。ぜんぜん別のことだわ」

「君がぼくになにも話そうとしないんなら、聞きたいかどうかわかりかねるね」と山高帽をかぶった青年はぶつぶついいました。

「あら、そんな、ジョージ、お願いだから！　そこにベンチがあるわ。すわりましょうよ」

そこでふたりは近くの街灯としだいに明るさを増してゆく月の光とに照らされた薄闇のなかに腰をおろしましたが、ふたりのあいだには何インチかの間隔が冷やかに保たれていました。

「あの暗闇のなかで池に落ちていったときのことだけどね、ジョージ――ええ、あたしあなたに話したいのよ――よくそういうときのことについてひとがいってるのとは違っていたわ。大きなまっ黒な穴に落ちてゆくみたいでね、けっして終りがこないんじゃないかと思ったくらいよ。でもね、そのときあたしのところへやってきたのはよくいうような過去の記憶じゃなかったわ。恐ろしい眼がわたしを見てたの。そして叫ぶ声がしたの。いいえ、あたしにむかってじゃないわ。あたしをとおして叫びあっていたのよ。やっとのことでまた浮かびあがって、なんとか息をついてちょっと眼を開いてみると、なにかにしがみついているところだったわ……ほんとにあそこに太い木の根っこがあって幸運だったわ」

しかしジョージはかれ特有のはっきりしない手探りするようなやりかたでではありましたが、これがノラの告白のぜんぶではなく一番重要な部分でさえないということに気づいていました。かれは同情的になることを拒んでいました。そして身体を堅くして、帽子の縁のしたから真っ正面をにらんでいました。「夜のそんな時間にひとりでそこへ行く必要なんかなかったよ。なにかするのにそんなふうに秘密にする必要なんかなかったはずだよ」

ノラは膝を堅くしめつけ、唇をぎゅっと結んで耳を傾けていました。いいたいことをぜんぶいってしまってからでも議論をする暇は十分にあります。

「でもあたしがいおうとしてるのはそんなことじゃあないのよ。そんなことには何の意味もないわ。じっさいにあったことをいってるだけだもの。……そのあとなのよ」

ジョージはかすかに口を開きました。そしてその顔を探るように彼女のほうへ向けました。

「あたしが見たのはひとつの顔なの。それは……そう、今でも眼に見えるわ。なんて説明したらい

いのかわからないんだけど。ぶじだったってわかって、水のうえに浮かんでたときのことだったの。見るとうえからそれがあたしを見てたの。笑いかけてたわ、まるで」――彼女の話しぶりはしだいしだいに熱を帯びてきていました――「そうよ、夢じゃなかったわ。頭のなかにあるのでも、心のなかにあるのでもなかったわ、あなたはそういうかもしれないけど。あれは空想なんかじゃなかったんだわ」澄んだ若わかしい声はこの言葉のうえで勝ち誇るように震えました。「あたしにはわかってるのよ。それはちゃんと、そとにあったわ。すぐそこ、眼の前に、ほんのちょっとうえに。あたし見たのよ、ジョージ、水のなかに浮かびながら。あたし興奮してもいなかったし、おびえてもいなかったし、もがくのももうやめてたわ。この眼でまっすぐにそれを見上げたのよ。たぶんそのときまでに月が雲のあいだから出てきたんだと思うわ。水のうえはすっかり銀色だったの。その顔はあたしに――そうよ、笑いかけていたわ。まるで、そうだわ、真っ暗な恐ろしいトンネルのなかに迷いこんで反対側から出てきたみたいだったわ」

「何の反対側から出てきたっていうんだい？」と若者は急に口をはさみました。

「あら、とにかく反対側よ」――ノラはいいたいことを宙に絵で表わそうとするかのように片手をあげました。「なにもかもの反対側ってことよ。それは現実だったわ。と同時にぜんぜん現実じゃなかったわ。まるで子供にもどったみたいにはっきりしていて単純なことなのよ。心にとりついて離れないの、それ。なにもかもが違って見えるのよ。わかってくれるかしら、ジョージ、ああ、へんに聞こえるのはわかってるわ――でもそれ、あたし自身にかかわりのあるなにかなんだわ」彼女は膝のうえに身を屈めて、足もとのアスファルトをじっと見つめました。「あたし、これまでになにか見たことがあったかしら、あんな……」角ばった若わかしい燃えるような顔――そこにはかれが一度も見たことのない、おぼろなはかり知れない微笑が浮かんでいました――をほんのすこし横にむけて、彼女は重おもしく挑むように若者にむかっていいました。「あなたはたいしてあたしを助けてはくれないのね！」

ジョージはベンチのうえでまたもや不安そうに身体を動かしました。

「君はほんの一分ほど前にぼくに口を閉じてろといったじゃないか。だからぼくはちゃんと黙ってたんだよ。君はそれ以前にはその男に会ったことがないっていうのかい？」

ノラは噴き出しました。彼女は自分の笑い声――アオゲラのように楽しげな笑い声――に耳を傾けました。「その男にですって！　おお、ジョージ！　男ですって！　あなたのいうこととききたらまるっきりわからないわ！　あたしそれが男だなんてことちっとも考えなかったし、そんなことといいもしなかったわよ。今晩はもうベン叔父さんのいいかげんな島の話や後家さんたちのおしゃべりでうんざりしてたもんだから、あなたもそうだと思ってたのに。男だとか女だとかいっては、くんくん嗅ぎまわってにやにやするしか能がないみたいね！　あなたとあたしみたいなふたりの人間が結婚するってことが、ばかな冗談以外の何物でもないみたいだわ。どうしてあんなふうになるのかしら。あたしなら絶対ああはならないわ。あたしがいいたいのはね」——彼女の声は再びかん高く挑戦的に響きわたりました——「あたしがそれを見たし、今も見つづけているんだってことなのよ。そしてね、ジョージ、おききしますけど、どうしてそれがいけないっていうの？　まるであたしが他人の思惑を気にしてでもいるみたい——あたし自身の、自分自身のことだっていうのにね。人の心のなかで起きることについてとやかくいう権利が誰にあるか、知りたいもんだわ」

彼女は眼をそらしてちょっと黙り、それからほとんど優しいとさえいえるしぐさで若者のほうをむきました。

「おお、ジョージ、あなたにもあれを見せてあげられるといいのに！　あれを見て、それでもやっぱりあたしに会いたいという気持が変わらないといっても、あたしそんなこと信じやしないわ！　絵に描くといったってそんなもんじゃないのよ。あたしのほうが何物でもなくなるんだわ」

「そんなことといって」と理性的な若者は叫びました。「ほんの一、二分前にこの同じベンチのうえで、君はぼくらみんなを男だ女だというからってばかにしたんだよ。あの年寄りのおせっかい屋と同じみたいに！……ぼくには君がなにをいいたのか見当もつかないよ。それに！」——とかれはあえぎました——「それをほんとうにわかりたいのかどうか、自分でもわからないよ」

かれの声はしだいに小さくなって消えていきました。きしるようなその声の響きによってばらばらにひき裂かれていた土の匂いのする冷たい夜の空気は、その傷跡など忘れ去ったかのようにもとどおりにあたりを満たしました。人影はまったく見えず、木立ちのむこうを急ぐ足音がきこえるように思うのは、じっさいにはどう見えようとも幽霊のものに違いないように思われました。

ノラはぼんやりと前を見つめていました。彼女は完全にくつろいでいましたし、完璧に幸福だったのです。なにもかもがうまくゆきそうでした。じっさい、ものごとがこんなに紛糾《ふんきゅう》して陰鬱に見えるときに、自分の身体のなかに力と自由さとがあふれているのを感じるというのは奇妙なことでした。今後なにをしようと企てても、それによって悩まされたりうんざりさせられたりすることはありえないように――まるで無限の忍耐力と活力と労力とが約束されているかのように――彼女は感じていました。でもさしあたって今のところ、彼女はゆっくりと静かに手探りで進んでゆかねばなりませんでした。

「あたしちゃんと話すから、ジョージ」と彼女はいいました。「もうすこししんぼう強くきいててね。あなたこれまでになにかを見て、ほんとうにそれを見るのははじめてなんだなって気がしたことはない？　つまり、ずっと美しいとかそういうこと。あなたとそれとのあいだに、なにか秘密でもあるみたいなの。ほら、今街灯の光がさしてるわね、ジョージ。この古い板のうえに、それから森にもね。ごらんなさいな！　わかる？　木の葉の影がふたとおりになってるわ。おかしな手みたい、水かきがあって――家鴨《あひる》の足みたいね。あなたどこから闇が始まってどこから光が始まってるかわからないでしょう。月と街灯とがいっしょに輝いてるからだわ。そうしてあなたとあたしもここにいっしょにすわっていて、こうしたことがみんなどこからきて、なにを意味してるのかわからずにいるのよ。とても静かね、ジョージ。あたしこの身体からぬけだして、いつまでもいつまでももどってこないでいられそうよ。そうしたいっていうんじゃないわ。あたしそんなことするには強すぎるもの。でも今話している顔のことを思うとき、あたしがいいたいのはそういうことなのよ。ただし、もっとずっといろいろなんだけど……もちろんそのうちみんな薄れて消えてしまうでしょうけど、でもね」――と彼女は熱をこめて振りむきました――「もしあたしがあのまままう一度池に沈んでしまって、あの柳の木のしたのところにじっと沈んでいるんだとしたらどう――そうしたらあたしここであなたにおしゃべりなんかしてるわけないわ、そうでしょ、ジョージ？」

「ぼくにいえるのは」と若者は苦にがしそうにいい返しました。「君のお母さんがこんな話をきいていなくてしあわせだってことだけだよ」

「お母さんなんか今はどうでもいいわ」とノラはいいました。「でもお父さんのほうなら、あたしのいいたいこと、すこしはわかってくれると思うわ。あたしたちにはわからないことなのよ、ジョージ。もしあたしがあのまま行ってしまっていたとして、それでも今こうしてるあたしと変りがないだろうなんていえると思う？　あたしはそうは思わないわ。暗い冷たいところへはてしなく沈んでいくように思ってふと気がつくと、静かな穏やかな気持になって待ちうけてくれてるもののほうを見あげていたあのときのあたしが、さっきのあたし――あそこに坐ってベン叔父さんのばかげた歌や流し眼やあんないろんなことにしんぼうしてたあたしとおなじだなんて、とても信じられないもの。気むずかしくて不きげんな人だわね、ベン叔父さんは。そのくせ人にはそれをわからせたくないのよ」

「あの歌が君のいうようにばかげたものだったとは思わないけどな」とジョージは嘘をつきました。「そんなふうにいうのはちょっとばかり横柄《おうへい》だよ」

「あら、気にすることはないわ、ジョージ、そうだったんだもの」とノラはいいました。「あたし横柄なことをいうつもりじゃなかったわ。ほんとうのことをいっただけよ。どっちにしたってたいしたことじゃないわ。ねえジョージ、もしあなたがあたしを欲しいんなら、すっかりぜんぶを手にいれなくちゃいけないんじゃないかしら。そこになにがあるかあなたにわからないんだとしたら、あたしがなにかを大事にしまっておくからってあたしを責めることはできないわ。いいえ、そんなのどっちもだめよ。だれだってほかのだれかをぜんぶすっかり手にいれるなんて、できやしないんだわ。そんなこと考えるとあたし、ときどき、ゆうべもどってこなければよかったのにと思ってしまうわ。あたしあの顔がやってきたところへ行きたいのよ。もしあれがあたし自身のものなら、どうしていけないわけがあるかしら？　もしそういいたいんなら、ばかな夢とでも夢魔とでも好きなようにいってちょうだい、言葉が何になるっていうの？　大切なのはそれがあたしにとって何であるかってことなんだし、もしあなたがそれにがまんできないんなら、あたしたちどうなるかわかりゃしないわ、ジョージ」

ノラはそばに坐っている若者の神経が今にもはじけそうになっていることに気がついていませんでした。かれは膝に肱をつき、顔を両手で隠して前のめりになり、油をつけてきちんとなでつけた頭で丸い帽子をぐいと突きやりながら、声にならないうめきを発するばかりでした。

「いったい何の権利があって──」とノラはかれをながめ、もう一度見直しながらいいました。「何の権利があってあたしのいうことをそんなふうにとるの、ジョージ？　あなたに話す必要なんかぜんぜんなかったんだわね」

「ぼくにどうしてもわからないのは」と強情な声はまるで泣きじゃくってでもいるように答えました。「どうして人は自分自身の顔のことになると口をつぐんでいたがるのかってことだよ。もしそれが君自身の顔だったんなら、どうやってそれ以上きれいに見えたりしたっていうんだい？」

「口でそういうほどすてきだなんて思ってやしないくせに！　あなた鏡に映って見えるのよりいい自分の写真を持って──持ち歩いてるなんてことない？　その鏡に映るのさえ、たいてい実物よりはうえなのよ。あなたはほんとうにあたしが愛してるのがあなたの顔だけだなんて──そうかもしれないなんて、思ってやしないわよね！　あたしが愛してるのはあなたよ、あなたそのものなのよ。ほかの誰にもそれはぜんぜん見えてやしないんだわ。あたしたち自分がどこからきたかなんて知りゃしないでしょ……」

「秘密を守ってりゃあいいよ」と若者はうめきました。「ぼくも自分のを守ることにするから」

「これを秘密だなんていうなら、ジョージ」と彼女は怒りにさっと顔を赤くしました。「あたしにはもうあなたは卑劣だってことしかいえないわ。でも、ああ、あなたにはわかっていないみたいね。あたしがきょう寝室にひとりっきりで坐っていたとき、あなたは鳩の群れや陽の光やそうしたものに囲まれてて、あのときほどあたししあわせだと思ったことはなかったのよ。そうしてあたし――あたしあなたにはたぶんわかってもらえると思ってたのに……ああ、もうこれ以上ここにこうして坐っていたくはないわ。帰りましょう……」

　ふたりは黙って歩きました。通りの角のところまでくると、ノラはそばをゆっくりと大またに歩いているジョージの堅い四角ばった手のなかに、そのしっかりした手をすべりこませました。そしてそのままふたりは二十九番地まで帰り着きました。居間の灯はもう消えており、ヴェニスふうの鎧戸《よろいど》の隙間からは一筋の光も射してはいませんでした。でもいまやそのかわりに月がアレンベリー通りをいっぱいに照らしていました。ふたりは足を止めて立ちつくしました。ノラは手を離して顔をあげ、淋しく輝くその衛星を見つめました。

「ひとこともしゃべってはくれないのかい？」とジョージはかすれた声でいいました。「こんなふうにしてそのまま行ってしまうつもりじゃないだろ？」

ノラは身をかがめましたが、それにつれてその頬には恋人の帽子の堅い縁が深くくいこんでいきました。

「けっきょくのところ、ジョージ、あなたは子供以上のものじゃないんだわね。あなたあたしの顔があなたの眼に見えるよりきれいだからって妬いてるの？　あたしの顔なのよ！　ほんとに、まあ！」

「子供と結婚するなんてできないよ」とジョージはまるですすり泣いているかのようにいいました。

「結婚しておくれよ、ノラ、約束して――」

ノラは後ずさりしました。「あたしひとことだって約束なんかしないわ」と彼女はいい返しました。「あなたにはわかっていないみたいね、あたし自身じゃないものを剝《は》いで捨てるなんてこと――玉葱《たまねぎ》の皮みたいに剝いで捨てるなんてことは不可能なのよ。あたし大事にしまっておくものはしまっておくわ。あたしがいいたいのは、もどってきてうれしいことはうれしいけど、あれを知ったことのほうがもっとずっとうれしいってことなのよ……」彼女は月を見上げ、その手のなかにおさまっていた堅い手を握りしめましたが、それがせいいっぱいでした。そして一分もたたないうちにドアは彼女のうしろでぴったりと締まりました。

ジョージは小さな露の滴で顔をひんやりとさせながら、あちこちのカーテンをひいた窓のむこうから明かりがちらちらするのをながめやりました。そしてやがて黒っぽい洋服を着て、てっぺんの丸い帽子をかぶったその姿は、影を横に従えて、広い空のしたの月の光に満ちた狭いからっぽな通りを歩み去っていったのでした。

あとがき

デ・ラ・メア——Walter de la Mare——は、一八七三年、英国ケント州のチャールトンに生まれました。イギリス人にしては耳なれないこの名前は祖先がフランス系であったことを物語っているようですが、どちらにしてもそれは何代もずっとさかのぼった昔のことであったようです。

デ・ラ・メアのお父さんは教会の管理人をしていましたが、かれがまだ四つのときに亡くなり、そのあとはお母さんに育てられました。そういった事情はたとえば「アーモンドの樹」や「はじまり」などを読んでいても、ふっとどこかをかすめることがあるように思いますし、「ミス・ジマイマ」の教会の墓地の光景などはおそらくその思い出によるものなのだろうという気がします。

十七歳の春、デ・ラ・メアはそれまで学んだロンドンのセント・ポール校をやめ、英米石油会社に就職して、ぼつぼつと詩や短篇を発表しはじめました。そしてやがて一九〇二年に発表した『幼年詩集』、一九〇四年に出した長篇『ヘンリー・ブロッケン』などが認められて、政府から百ポンドの年俸をもらえることになり、十八年勤めた会社を退職して、文筆に専念するようになったのでした。

デ・ラ・メアの作品の主要な柱のひとつはなんと言っても詩で、『耳をすます者たち』、『孔雀のパイ』など二十二冊の詩集があります。長篇には『ヘンリー・ブロッケン』のほかに、『三匹の高貴な猿』、『地上に帰る』、『侏儒の覚え書き』があり、このうち『三匹の高貴な猿』は機会があって昨年訳して国書刊行会から出版することができました。

詩、長篇と並んで、たくさんの短篇集もまた、デ・ラ・メアの仕事の重要な一部をなしています。まず『謎』、『ディン、ドン、鐘がなる』、『魔女の箒』、そしてそれから『目きき』、『境界にて』、『はじまり』――『アリスの教母さま』、『アーモンドの樹』、『まぼろしの顔』の三冊には、そのうち四つの短篇集から、合計十二のお話をえらんで紹介しました。

＊

まずはじめは『謎』（*The Riddle*, 1923）からで、ここからは表題作の「謎」のほかに、「アーモンドの樹」（*The Almond Tree*）、「鉢」（*The Bowl*）をえらびました。この短篇集にはほかに、すでに紹介されて名高い「シートンの叔母さん」（*Seaton's Aunt*）など十二の短篇が含まれていて、全体にどちらかというと世の中の淋しさをひしひしと感じさせるものが多いようです。

『魔女の箒』（*Broomsticks*, 1925）はそれに比べると、ずいぶん楽しい、おとぎ話ふうのものでいっぱいな短篇集です。「お下げにかぎります」（*Pigtails Ltd.*）、「ミス・ジマイマ」（*Miss Jemima*）、「盗人」（*The Thief*）、「ルーシー」（*Lucy*）、「アリスの教母さま」（*Alice's Godmother*）の五つがここからえらんだものです。

「ピクニック」（*The Picnic*）は『境界にて』（*On The Edge*, 1930）からひとつだけとりあげたものです。これは作風もちょっと違うし、ずいぶん地味なお話ではありますが、なんとなく心をひかれるところがあったのでいれておきました。

四冊目の短篇集『はじまり』（*A Beginning*, 1955）は、デ・ラ・メアの死がそれが出版された翌年の一九五六年であったことを思うと、ひときわ感慨の深い作品集です。「姫君《プリンセス》」（*The Princess*）、「まぼろしの顔」（*The Face*）、「はじまり」（*A Beginning*）の三つがここからとったもので、ことに「姫君《プリンセス》」の老婆と少年の出会いには、デ・ラ・メア自身の心の中でその老いと幼いころの思い出とが出会うさまをあざやかに見てとることができるように思います。そして「はじまり」――この短篇集の中でも一番最後の、いわばデ・ラ・メア自身の人生の終りに最も近い位置に置かれ、おそらくはそのためにこそことさらに「はじまり」と名づけられたと思われるこの作品には、なんとみずみずしい青春が息づいていることでしょう。しかもここには「アーモンドの樹」の、あるいは「鉢」の少年の影が幸福な幽霊のように徘徊するのを見ることもできて、実のところ私にとってはこれが一番好きな作品だと言えるかもしれません。

＊

さて最後にひとつ、是非お話ししておきたいのは、今回この三冊の本に、私の持っていたイメージにぴったりの挿絵をたくさん描いてくれた橋本治氏のことです。彼はもともと私とは大学で同窓で、在学中すでに一風変った大学祭のポスターを描いてずいぶん有名になった人でした。そのころは直接のつきあいはなかったのですが、その後彼の親友と私の親友が結婚するというようなことになって、その家で偶然出くわしたのが今度の話の始まりといえば始まりだったのです。

それはちょうど私がはじめて小さな本を一冊出したばかりのころで、そんなことが話題に出ていたのだったか、彼と私と神戸から来ていた私の友人と三人いっしょだった帰りのエレベーターの中で、彼は突然「もう本書かはらへんのですか?」と言いだしました。「あれ、関西ですか?」と友人がびっくりすると「いや、聞いてるとやってみたくなったもんで」……だいたいが橋本氏というのはそういった感じの人物で、まあとにかくそのとき「そりゃあそのうち書きたいですねえ」「そのときぼくにやらせてください」「挿絵いりなんてなかなかそんなうまい話ないでしょうねえ」と冗談みたいな約束をしたのが、意外にはやく実現のはこびになったというわけなのです。

そのことについては、やはりこんなにきれいな本にするように企画をたてて下さった牧神社の菅原さんに、おおいに感謝を捧げておきたいと思います。それから校正のことなどいろいろやって下さった大泉さん、たびたび足を運んで下さった萩原さん、本当に御迷惑をおかけしました。

そしてもうひとり、私の遅筆の最大の被害者である母には、これまた最大級の感謝を捧げなければなりません。母は速達で送った私の下書きを大急ぎで清書してまた速達便で送りかえすというめんどうなことを、文句も言わずにせっせとやってくれました。ですから私はこの三冊の本を、母と、そしてまだ幼かった私が絵本の山のまん中で母とふたりして遊んですごした日々とに捧げたいと思います。

一九七六年十一月二十八日

脇　明子

復刊によせて

イギリスの詩人、ウォルター・デ・ラ・メアの綴る物語は、ちょっとさびしく、謎めいていて、手放しで大好きと言ってくださる方は、少ないかもしれません。でも私は、子どものころから、当時は飯沢匡訳の岩波少年文庫で『サル王子の冒険』と題されていた不思議な旅の物語も、秘密だらけの大人の世界を子どもの目から見た短編のいくつかも、妙に気に入っていました。

そんな愛読書を、自分の言葉にする機会に恵まれたのは、たまたま読んだウィリアム・モリスの風変わりな短編を訳して、荒俣宏さんが編集されていた文芸雑誌に持ちこんだところ、それは使えないが、ちょうど計画中の幻想文学大系のデ・ラ・メアの巻を訳さないかと、言っていただいたからでした。

そのときは、かつての『サル王子の冒険』が中心でしたが、やがて、美しい本作りで注目されていた牧神社で、デ・ラ・メアの短編集を編ませていただけることになり、装幀と挿絵は、学生時代に大学祭のポスターで名を挙げていた、友人の橋本治君にお願いし、なかなかすてきな本が三冊できました。

それから四十年以上たち、超多忙の小説家へと大変身した橋本君は、『桃尻娘』、『窯変 源氏物語』など、たくさんの話題作を遺して、あちらの世界へ旅立ってしまいましたが、ぜいたくに趣向をこらしてくれた三冊の美しい本が、よみがえって新たな読者のみなさまのもとに届くと知ったら、ちょっと照れて、あの恥ずかしそうな笑顔を見せてくれることでしょう。みなさまが、これらの物語の、一風変わっていながらひっそりと静かでもある味わいを、ゆっくりお楽しみくだされば、これほどうれしいことはありません。

二〇二三年一月十一日　　　　　　　　訳　者

・本書は『まぼろしの顔　ウォルター・デ・ラ・メア作品集3』（牧神社、１９７６）の復刊である。
・底本の〝函入りカバーなし装〟を〝函なしカバー付き装〟とする等、外装仕様には適宜変更を加えたが、本文レイアウトについては、文字組を整える以外、原則的に底本に準じた設計を行なった。
・本文は、１９７０年代半ばという翻訳出版興隆期の風合いを保管する方針に基づき、誤字・脱字等の明らかな遺漏を補う以外、現代では不適当とされ得る用語もふくめて原則的に底本に準じた。

●ウォルター・デ・ラ・メア（Walter de la Mare 1873–1956）
イギリスの作家、詩人。幻想味と怪奇味を帯びた作風で知られる。児童文学作品も多く、『子どものための物語集』で、カーネギー賞を受賞。日本で編纂された作品集には、本作品集（全３巻）のほかに、『デ・ラ・メア幻想短編集』（国書刊行会）、『アーモンドの木』*（白水Uブックス）、『恋のお守り』（ちくま文庫）などがある。　＊本作品集第２巻の『アーモンドの樹』とは編纂内容が異なる

●脇明子（わき・あきこ 1948–）
翻訳家、ノートルダム清心女子大学名誉教授、岡山子どもの本の会代表。デ・ラ・メア作品の翻訳には、本作品集のほかに、『魔女の箒』（国書刊行会）、『ムルガーのはるかな旅』（岩波少年文庫）、『九つの銅貨』（福音館書店）があり、キャロル、マクドナルド、ル＝グウィンなど、児童文学を中心とした英米文学の訳書多数。『読む力は生きる力』（岩波書店）など、読書の大切さについての著書も多い。

●橋本治（はしもと・おさむ 1948–2019）
東大駒場祭のポスターで注目を集め、まずは挿絵画家として活躍。本作品集の挿絵、装幀は最初期の仕事の一つで、ビアズリーなどの西欧世紀末美術と日本の少女漫画との、先駆的な折衷と評された。小説や評論の分野でも活躍し、『桃尻娘』（ポプラ文庫）、『花咲く乙女たちのキンピラゴボウ』（河出文庫）、『窯変源氏物語』、『双調平家物語』（ともに中公文庫）などがある。

まぼろしの顔

ウォルター・デ・ラ・メア作品集３
†
2023年２月28日 第１刷発行（扉込180頁）

ウォルター・デ・ラ・メア
脇明子 訳
橋本治 絵

装丁 Remaster 廣田清子

発行
成瀬雅人
株式会社東洋書林
東京都新宿区四谷 4–24
電話 03–6274–8756　FAX 03–6274–8759

印刷 シナノ パブリッシング プレス
ISBN978–4–88721–831–4/

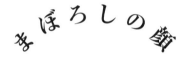